전능의 팔찌
THE OMNIPOTENT BRACELET

김현석 현대 판타지 소설
FUSION FANTASTIC STORY

KB078596

전능의 팔찌 50

김현석 현대 판타지 소설

초판 1쇄 찍은 날 § 2015년 6월 19일
초판 1쇄 펴낸 날 § 2015년 6월 26일

지은이 § 김현석
펴낸이 § 서경석

편집책임 § 박은정

펴낸곳 § 도서출판 청어람
등록번호 § 제387-1999-000006호
등록일자 § 1999. 5. 31
어람번호 § 제1-2156호

주소 § 경기도 부천시 원미구 부일로 483번길 40 서경B/D 3F (우) 420-822
전화 § 032-656-4452　팩스 § 032-656-4453
http://www.chungeoram.com
E-mail § E-mail § chungeorambook@daum.net

ⓒ 김현석, 2011

ISBN 979-11-04-90286-4 04810
ISBN 978-89-251-2596-1 (세트)

전능의 팔찌

THE OMNIPOTENT BRACELET

50

FUSION FANTASTIC STORY

김현석 현대 판타지 소설

청
어
람

CONTENTS

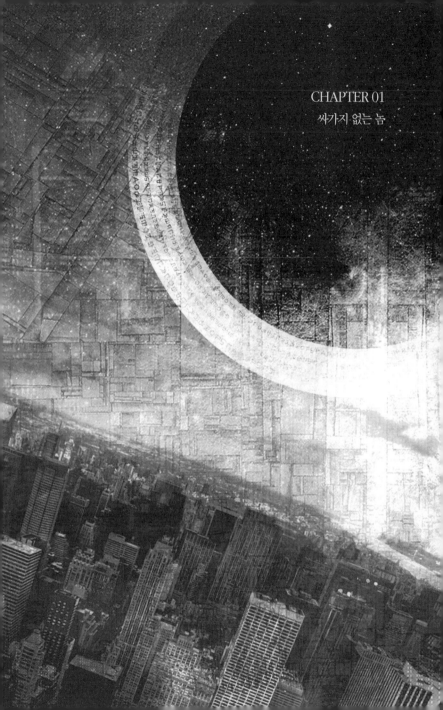

CHAPTER 01
싸가지 없는 놈

"대사, 귀국의 함정들이 현재 대한민국의 영해를 침범하고
있다는 사실을 인지하십시오. 독도는 분명한 대한민국의 영
토라는 걸 모른다 하지 않겠지요?"

대한민국 외교부장관 정순목의 목에는 핏대가 서 있다. 화
가 단단히 난 때문이다.

반면 주한일본대사 시게이에 도시유키는 상대가 어떻든
상관없다는 듯 비릿한 조소를 베어 문 표정이다.

"장관님, 뭔가 잘못 알고 계시군요. 다케시마는 아국의 영
토입니다. 따라서 아국의 함정들은 대한민국의 영해를 침범

한 것이 아닙니다."

"뭐요?"

정순목 장관의 목에 다시 한 번 핏대가 선다.

학창 시절 택견 고수가 되고 싶어 수련에 몰두하던 장관인지라 여러 손기술을 알고 있다. 그중 싸대기, 또는 활개 뿌리기로 한 방 갈기고 싶은 걸 억지로 참는 중이다.

그런데 싸가지 없는 일본대사는 이런 것을 전혀 눈치채지 못한 듯 태연스레 말을 잇는다.

"장관, 남의 영해를 침범해 놓고 거꾸로 이런 일로 잠자리에 든 타국의 대사를 불러내는 건 심각한 외교적 무례입니다. 아시겠습니까?"

너무도 어이없기에 정 장관은 버럭 소리를 지른다.

"대사! 독도가 어떻게 일본 땅이란 말씀이십니까?"

시게이에 도시유키는 여전히 유들유들한 표정이다.

"아국의 모든 교과서에 그렇게 표기되어 있습니다. 얼마전 우리 외무성에서 귀국이 불법점거하고 있는 다케시마를 즉시 반환하는 것은 물론이고, 점유 기간 동안의 사용료를 지급하라는 정식 외교문서를 보낸 것을 잊었습니까?"

"뭐요? 어디서 이런……!"

정순목 장관은 상대가 일국의 대사인지라 차마 '싸가지 없는 새끼'라는 말까지는 하지 않았다.

그러고 보니 정 장관의 이마에는 굵은 핏대가 서 있다. 몹시 진노했다는 뜻이다. 그러거나 말거나 시게이에 도시유키는 여전히 태연한 표정이다.

"독도의 해안선을 기선[Baseline]으로 하여 인근 12해리는 아국의 영해입니다. 따라서 귀국의 어선 및 군함, 경비함 등의 접근을 불허합니다. 뿐만 아니라 다케시마를 기준으로 한 영해의 상공엔 어떠한 비행물체도 통과를 허락하지 않음을 분명히 했습니다."

"이봐요, 대사! 지금 그걸 말이라고 하고 있는 겁니까?"

"방금 전 제가 한 말이 아국의 입장입니다."

"뭐요?"

정순목 장관은 너무도 화가 나 말을 잇지 못한다. 그러거나 말거나 일본대사는 비릿한 조소를 베어 물고 있다.

"한국이 우리 일본의 영해를 침범했다는 뜻입니다. 아시겠습니까? 그런데 왜 소리를 지릅니까? 이를 두고 적반하장이라고 하지요?"

"뭐요? 지금 방금 뭐라고 했어? 이런 싸가지 없는 개새끼가! 한번 맞아서 뒈지고 싶어?"

분노가 극에 달한 장관의 입에서 결국 쌍소리가 나오고 말았다. 그러거나 말거나 일본대사는 태연한 표정이다.

염장을 지르고야 말겠다는 태도이다.

"나는 방금 일본이 아국 영해를 침범했음을 경고했소. 따라서 이 시간 이후에 벌어지는 무력 충돌에 대한 책임은 전적으로 일본에 있음을 분명히 하는 바이오. 가서 당신네 총리라는 놈에게 똑똑히 전하시오. 꼴도 보기 싫으니 가시오!"

자리에서 벌떡 일어나 소리를 친 장관은 문을 가리켰다. 내 집무실에서 썩 나가라는 뜻이다.

"중대한 외교적 실례라는 걸 기억하고 아국에 전하겠소."

시게이에 도시유키가 물러간 후 정 장관은 곧장 청와대로 들어갔다. 대통령이 기다리고 있기 때문이다.

*   *   *

현수는 백화원 영빈관에 마련된 임시 집무실 소파에서 두툼한 서류들을 읽고 있다.

그런 그의 앞에는 이실리프 정보의 대표가 된 엄규백이 긴장된 표정으로 앉아 있다. 국내 담당인 1국 국장을 겸하고 있어 국내 정보를 총괄하기도 한다.

"흐음! 이게 정말 사실인가요?"

현수는 자신이 보고 있는 보고서의 내용이 믿기지 않았다.

대한민국 대통령이 악질 친일파의 자손이라는 내용이기 때문이다.

대통령의 애비는 조선임전보국단 간부였다.

이 단체는 일제강점기 말인 1941년에 일본이 일으킨 태평양전쟁을 지원하기 위해 통합되어 조직된 연합 단체로 줄여서 임보단, 또는 보국단으로 불렸다.

이 단체에 가입한 자는 골수 친일파라 보아도 된다.

대통령의 애비는 일본이 패망하면서 남긴 적산[1]으로 부를 이루었다. 외가는 대놓고 친일 행위를 하던 언론사를 소유하고 있다.

"이런 자가 대한민국의 대통령이라니……."

현수는 나직이 혀를 찼다.

대한민국 유권자 중 상당수가 선거철만 되면 멍청이가 되는 병에 집단으로 감염된 것이 분명하다 느낀 때문이다.

인터넷이 발달된 세상이니 이런 정보는 얼마든지 밝혀졌을 것이다. 그럼에도 부관참시를 해도 시원치 않을 친일파의 아들을 대통령으로 선출해 놓았다.

대놓고 독도를 자기네 땅이라 우기는 자들 편에 서 있는 자를 뽑은 걸 보면 분명 제정신이 아닌 것이 분명했다.

"국무총리와 경제부총리도? *끄응!*"

현수는 또 한 번 침음을 삼켰다.

대통령 유고 시 그 권한을 대행하는 순위는 2014년 11월

---

1) 적산(敵産) : 1945년 8 · 15 광복 이전까지 한국 내에 있던 일제(日帝)나 일본인 소유의 재산을 광복 후에 이르는 말.

19일에 개정된 정부조직법 제12조 ①항과 ②항, 그리고 제26조 ①항에 명기되어 있다.

다음이 그 내용이다.

제12조(국무회의)

① 대통령은 국무회의 의장으로서 회의를 소집하고 이를 주재한다.

② 의장이 사고로 직무를 수행할 수 없는 경우에는 부의장인 국무총리가 그 직무를 대행하고, 의장과 부의장이 모두 사고로 직무를 수행할 수 없는 경우에는 기획재정부장관이 겸임하는 부총리, 교육부장관이 겸임하는 부총리 및 제26조 ①항에 규정된 순서에 따라 국무위원이 그 직무를 대행한다.

제26조(행정각부)

① 대통령의 통할하에 다음의 행정각부를 둔다.

기획재정부, 교육부, 미래창조과학부, 외교부, 통일부, 법무부, 국방부, 행정자치부, … 〈하략〉

현수가 보고 있는 보고서의 내용에 따르면 대통령은 골수 친일파의 자식이다.

국무총리 역시 친일파의 아들로 매년 자위대 창설 기념식에 참석하는 자이다. 그 애비에 그 아들이라는 뜻의 '견부견자' 라는 별명을 가졌다.

참고로 견부견자(犬父犬子)는 '개 같은 아비에 개 같은 자식' 이라는 뜻이다.

기획재정부 장관인 경제부총리는 현재 한일의원연맹 간사장을 맡고 있다.

한일의원연맹은 1975년 5월 23일 한일 양국 의원 간의 교류와 협력 증진을 위해 창설된 단체이다.

2013년 보도 자료에 따르면 이 연맹에 소속된 일본 회원 258명 중 44%인 114명은 A급 전범의 위패를 합사해 놓은 야스쿠니 신사를 참배한 자이다.

이런 놈들과 교류와 협력을 해야 한다고 부르짖는 자를 어찌 믿을 수 있겠는가!

대통령 유고 시 그 역할을 대리할 서열 3위에 해당되는 교육부총리 역시 한일의원연맹 소속으로 오랫동안 활동했다.

무능과 부정부패, 그리고 오만과 자만의 대명사인 교육부 마피아의 중심축인 자이다.

세간에서 부르는 별명은 '친극꼴' 이다. 발음 때문에 '친구꼴' 이라고도 불리는데 '친일 극우 꼴통' 을 줄인 말이다.

권한대행 서열 4위에 해당되는 미래창조과학부장관은 친일파로 의심되지는 않지만 심각한 독직과 부정부패가 의심되는 상황이다.

미래창조과학부 산하엔 국립전파연구원과 우정사업본부 등 4개 소속 기관이 있다.

아울러 국가과학기술연구회[NST]와 한국과학기술연구원[KIST]를 비롯한 41개 산하 기관이 있다.

장관은 취임 이후 4개 소속기관장과 41개 산하기관장 중 대부분이라 할 수 있는 8할 정도가 경질되었다.

현재에도 기관장의 경질이 이어지고 있다. 그래서 놔두면 100%가 바뀔 것이란 비아냥이 터져 나오는 중이다.

아무튼 바뀐 기관장들의 면면을 살펴보면 모두가 장관과 동향이다. 공무원 출신도 있고 기업인도 있다.

기관장들의 교체에 앞서 뇌물이 오갔다는 투서가 있어 현재 감사원 감사를 받고 있는 중이다.

서열 5위 외교부장관 정순목은 대학생 시절 독재정권에 맞서 시위에 앞장선 전력이 있다.

그때의 일로 옥살이도 했다.

따라서 이번 정권과는 코드가 맞지 않는 인물이다.

그럼에도 장관직에 오른 것은 먼저 물망에 오른 인사 모두가 청문회에서 개망신을 당한 때문이다.

대통령이 먼저 지명한 세 명의 장관 후보는 각종 불법행위 등이 탄로 나 공개적인 쪽팔림을 당했다.

하나는 연예기획사로부터 정기적으로 성상납을 받은 자이다. 물론 권력을 이용한 압력의 결과이다.

청문회가 진행되는 중 미성년자인 열일곱 살짜리 가수지망생과 동침한 영상이 공개되었다. 이 과정에서 폭력까지 휘두른 것이 드러나 재판을 받는 중이다.

다른 후보자는 외교관 시절 주재국에서 수시로 마약 파티를 한 사실이 드러나 자진사퇴했다.

또 다른 후보자 역시 외교관 출신인데 국고 낭비와 횡령 사실이 드러나는 바람에 현재 재판을 받고 있다.

대통령은 개망신이 계속되자 권력에 관심이 없는데다 친야당적인 정순목을 후보로 지명했다.

야당에서 신망하는 인사를 내세운 것은 털면 먼지가 날 것이기 때문이다. 그러면 자신이 지명한 인사들에 대한 야당의 반대가 명분을 잃을 것이라는 꼼수를 쓴 것이다.

그런데 대통령의 바람과 달리 정 후보는 그런 것과 거리가 멀었다. 그 결과 내키지 않았지만 장관에 임명했다.

서열 6위 통일부장관도 친일파로 의심되지는 않지만 심각한 부정부패가 의심되고 있다.

2015년 통일부 예산은 1조 4,752억 원이었다.

그런데 이 돈을 어디에, 얼마를, 어떻게 썼는지가 명확하지 않았다. 일각에선 가짜 영수증과 납품가 부풀리기 등으로 상당한 액수를 나눠 먹은 것이 아니냐는 의심을 하고 있다.

하여 검찰에서 수사하는 중이다.

서열 7위 법무부장관은 판사 출신으로 정권과 야합하는 판결로 현 위치에 올랐다. 다시 말해 정권의 입맛에 맞춰 수시로 견강부회[2]한 판결을 일삼던 양심도 없는 자이다.

양심 있는 지식인들의 공통된 평가는 결코 신뢰할 수 없는 잡놈이다. 그래서 '후곡인' 이라는 별명으로 불린다.

'후' 는 뻔뻔스러워 부끄러움을 느끼지 못한다는 뜻을 가진 후안무치(厚顔無恥)의 첫 글자이다.

'곡' 은 자기가 배운 것을 올바르게 펴지 못하고 그것을 굽혀 가면서 세속에 아부하여 출세하려는 태도나 행동을 가리키는 곡학아세(曲學阿世)의 첫 글자이다.

마지막으로 '인' 은 사람의 모습을 갖추곤 있지만 마땅히 지켜야 할 도리를 지키지 못하고 배은망덕하다는 뜻인 인면수심(人面獸心)의 첫 글자이다.

후곡인 세 글자 모두 아주 나쁘다는 뜻인데 이런 자가 장관직에 있다는 것은 국가의 수치라 할 수 있다.

8위인 국방부장관은 3성 장군 출신으로 별다른 흠이 없다. 해사 출신이기에 하나회 같은 조직과도 관련이 없다. 순전히 실력으로 진급한 결과 장관이 된 것이다.

---

2) 견강부회(牽强附會) : 이치에 맞지도 않는 말을 억지로 끌어다가 자기의 주장이나 조건에 맞춤. 고집으로 자기 얘기를 관철시키고 합리화시키는 것.

9위부터 다시 서열을 따져보면 다음과 같다.

행정자치부장관 → 문화체육부장관 → 농림축산식품부장관 → 산업통상자원부장관 → 보건복지부장관 → 환경부장관 → 고용노동부장관 → 국토교통부장관 → 해양수산부장관

이들 아홉 명의 공통점은 모두가 군 면제자라는 것이다.

그러고 보니 국무총리와 경제부총리, 그리고 교육부총리와 미래창조과학부장관, 통일부장관 등도 미필이다.

대통령 유고 시 서열 1위부터 16위까지 중 딱 둘만 군필자다. 외교부장관과 국방부장관만 군대를 다녀온 것이다.

병역이 의무인 나라에서 국무위원 거의 전부가 미필이니 참으로 한심하다.

"심각하군요."

현수의 중얼거림에 엄규백 국장은 고개를 끄덕인다. 전적으로 동의한다는 뜻이다.

"그런데 여기 이 표시는 뭐죠?"

국무총리를 비롯한 열다섯 명의 장관 가운데 여덟 명의 이름 옆에 붉은색 별표가 보여서 물은 것이다.

"아! 그들은 욱일회 회원입니다."

"욱일회 회원이라구요? 아, 그렇군요."

머릿속 명단과 일치함을 깨달은 현수는 고개를 끄덕인다.

"그러고 보니 욱일회와 유능한 일꾼 명부에 있는 자들에 대한 조치가 아직 없었습니다."

"조사는 끝났습니다. 말씀만 하시면 언제라도 조치 가능합니다. 어떻게 할까요?"

3년 전 엄규백은 현수로부터 보안 메일을 받은 바 있다.

여러 지시 사항이 있었는데 그중 하나는 욱일회 명단과 유능한 일꾼 명단에 대한 확인이었다.

실제인지의 여부를 확실하게 알아보라고 한 것이다.

언젠가 징벌을 가할 때 애꿎은 피해자가 생기지 않도록 시간과 공을 들여 일일이 확인하는 동안 이실리프 정보요원들은 제대로 열 받았다.

거꾸로 매달아놓고 하루 종일 두들겨 패도 시원치 않을 놈들이 사회의 지배층이 되어 떵떵거리면서 온갖 호사를 누리고 있기 때문이다.

뿐만이 아니다. 이놈들의 집요하면서도 악랄한 갑질에 수많은 서민이 고혈을 빨리고 있음도 확인되었다.

당장에라도 징치하고 싶은 마음이 굴뚝같았지만 요원들은 조용히 물러섰다. 제1국 국장이자 이실리프 정보의 대표인 엄규백의 엄중한 경고가 있었기 때문이다.

욱일회나 유능한 일꾼의 명부에 있는 자들에 대한 처벌은 이실리프 그룹의 총괄 회장이자 직속상관인 현수의 명이 있어야 가능하다 생각한 것이다.

이실리프 정보요원들에겐 절대충성마법이 구현되어 있다. 이 마법이 유지되는 기간은 개인에 따라 다르긴 해도 길어야 2년이다.

그런데 현수가 사라진 기간만 3년이 넘는다.

그럼에도 이실리프 정보요원들의 충성심은 감소하지 않았다. 패용하고 있는 신분증에서 흘러나오는 미약한 마나가 마법의 효능이 유지되도록 하는 역할을 하기 때문이다.

어쨌거나 현수가 마지막으로 보낸 보안 메일엔 경거망동하지 말라는 메시지가 담겨 있었다. 언젠가 쓸어버리고자 마음먹었을 때 단숨에 훑어야 하기 때문이다.

하나를 건드렸다가 전체가 숨는 경우가 있을 수 있고, 자칫 경각심을 주어 단합된 저항과 직면할 수도 있기 때문이다. 권력을 가진 자들이기에 두 견찰을 이용할 경우 제압하는 것이 쉽지 않을 것이다.

"명단의 내용과는 일치했습니까?"

"그렇습니다."

"하긴……."

욱일회 명단은 일본 내각조사처에서 빼온 자료이다.

그 자료에는 한국을 병탄할 경우 어떤 혜택을 줄 것인지에 대한 가이드라인이 있었다. 남작, 자작, 백작, 후작 같은 작위를 수여함과 동시에 봉토를 주는 등이다.

대대로 귀족이 되어 일반 국민 위에 군림하도록 하고, 그들만의 리그를 만들어 영원한 수탈을 가능토록 하는 등의 일이 획책되고 있었다.

현수가 다시 서류에 시선을 주고 있을 때 백설화가 빠른 걸음으로 들어선다.

"오라버니, 급한 일이 터졌어요!"

"급한 일?"

"네! 잠시만요."

백설화는 익숙한 솜씨로 노트북을 조작한다. 그러자 속보가 뜬다.

일본 해군 함정이 독도 해역을 무단으로 침입했으며 초계 중이던 광명함이 함포 공격을 받았다는 내용이다.

광명함의 누군가가 현 상황을 중계하는 듯 속보 내용이 시시각각으로 업데이트되고 있다.

"이런 빌어먹을 놈들이……!"

"엄 대표, 현 상황 얼른 알아봐 주세요."

"네, 잠시만 기다려 주십시오."

엄규백은 노트북을 꺼내 이실리프 정보에 접속했다.

그리곤 채팅창을 띄워놓고 '현 상황을 보고하라'는 메시지를 보냈다. 그러자 기다렸다는 듯 답신들이 올라온다.

일본 해군 함정이 무단으로 독도 영해를 침범했으며 광명함이 공격을 받는 중이라는 내용이다.

같은 순간, 현수 역시 노트북의 키보드를 두드리고 있다. 우주에 떠 있는 이실리프호로 메시지를 보내는 중이다.

내용은 현 상황을 보고하라는 것이다. 잠시 후, 우주에서 살핀 정보가 입력된다.

이실리프호는 지표면으로부터 약 3만 5,800㎞나 떨어져 있다. 그럼에도 가로세로 10㎝짜리 물체도 식별해 낸다.

뿐만 아니라 고해상도 영상도 볼 수 있다.

현수는 약 10초 간격으로 촬영한 위성사진을 지켜보았다. 광명함을 향해 함포사격을 가하는 장면이 너무도 생생하다.

"정부는 어떤 움직임을 취하고 있습니까?"

"조금 전 주한 일본대사를 불러 외교부장관이 강한 질책을 가했다고 합니다. 그런데 적반하장으로 나와 청와대로 들어가는 중이랍니다."

"흐음! 그래요?"

현수는 잠시 말을 끊었다. 하지만 그 시간은 길지 않았다.

"해군 1함대와 대구 K—2 기지의 움직임은 어떻습니까?"

"별다른 대응 없이 상부의 지시를 기다리고 있답니다."

"그래요? 알겠습니다. 잠시 두고 봅시다."

"네, 알겠습니다."

엄규백은 고개를 끄덕이곤 본인의 노트북에 올라오는 보고들을 읽고 있다. 그러다 다시 입을 연다.

"회장님, 청와대 상황을 알아볼까요?"

"…알 수 있습니까?"

"청와대 국가안보실 소속 정보 분석 담당비서가 우리 쪽 사람입니다."

"그럼 알 수 있는 데까지 알아보세요."

"네, 지시대로 하겠습니다."

엄규백은 얼른 키보드를 두드린다. 그리고 잠시 침묵이 흐른다. 인터넷에 실시간으로 올라오는 각종 정보를 읽느라 여념이 없기 때문이다.

그렇게 약 10분이 흘러 대강의 내용을 파악했을 즈음 엄규백이 다시 입을 연다.

"방금 외교부장관이 집무실로 들어갔다고 합니다."

"알았습니다."

현수는 고개만 끄덕이곤 일본 해군 함정들의 움직임을 살펴보았다. 3함대의 항공모함형 헬기구축함 이즈모함을 필두로 이지스 구축함 아타고와 묘코를 비롯한 제3호위대와 제7호위대 함정 여덟 척은 독도 영해로 진입한 상태이다.

이 중 하나는 광명함을 향해 함포사격을 가하고 있는데 군이 맞추려고 하지는 않는 듯하다.

오키 군도 인근 해역에 머물고 있던 하루시오급 SS—588 후유시오와 오야시오급 SS—599 세토시오, SS—600 모치시오는 전속으로 독도 해역으로 접근 중이다.

바닷속의 잠수함 위치까지 알 수 있는 것은 삼차원 운동에너지 추적 방식을 사용하기 때문이다.

먼저 아무것도 없는 일정 구역을 스캔해 둔다. 그런데 새로운 운동에너지, 또는 위치에너지를 가진 물체가 나타나면 그 즉시 식별해 내는 방식이다.

미국이 자랑하는 F—22 랩터는 기존의 레이더로는 탐지되지 않는다. 하지만 이실리프호에서 사용하는 삼차원 추적 방식을 전투기에 장착시키면 4,000㎞ 밖에서도 식별이 된다.

본인은 아무도 모르겠지 하면서 다가오지만 이실리프호에선 다 보고 있다는 걸 알면 소름이 끼칠 것이다.

이실리프 그룹이 만들어낸 송골매의 레이더 탐지 거리가 4,000㎞인 이유가 바로 이 때문이다. 이런 이유로 이실리프호에서는 송골매의 움직임을 탐지할 수 있다.

송골매 역시 다른 송골매들을 탐지하지만 이실리프호는 탐지 거리 바깥에 있어 식별이 불가능하다.

현수가 스크롤바를 내려 보니 일본 해군 제2함대의 기함 쿠라마를 비롯하여 제2호위대와 제6호위대 소속 함정 여덟 척이 보인다. 하루시오급 잠수함 한 척과 오야시오급 두 척의 위치도 파악되고 있다.

이들은 포항과 부산의 중간쯤 되는 영해 바로 바깥에 있다. 아직 대한민국의 영해를 침범한 것은 아니다.

다른 쪽을 확인해 보니 미사일 기지들이 움직임을 보이고 있다. 명령만 떨어지면 일본 본토를 타격하기 위함일 것이다.

이 밖에도 거의 모든 군부대의 움직임이 부산하다. 만일을 대비하는 것이다.

"아베노믹스의 결과에 대한 보고서도 있나요?"

"아베노믹스요? 네, 잠시만 기다려 주십시오."

엄규백은 이실리프 정보요원들이 분석해 놓은 보고서를 현수에게 텔레그램으로 보냈다.

한국의 이메일 시스템을 이용할 경우 내용이 유출될 수 있어 러시아의 온라인 메신저를 사용하는 것이다.

"그러고 보니 그걸 확인 안 했군."

"설화야, 스테파니 좀 불러줘."

"네, 오라버니."

앉은 자리에서 전화해도 되지만 설화는 발딱 자리에서 일어나 밖으로 나간다. 현수를 방해하지 않으려는 배려이다.

잠시 시간이 비자 현수는 지난 3년간의 뉴스를 훑어보았다. 주로 일본에 관한 것이다.

엄규백 대표의 보고에 따르면 이실리프 정보요원들은 지나와 일본, 그리고 미국에 집중적으로 배치되어 있다.

5국 600명은 일본 담당, 6국의 600명은 지나 담당이다. 7국 요원은 미국 담당이다.

8국은 영국, 프랑스 등 유럽을 담당하고, 9국은 러시아를 비롯한 동유럽 국가와 브라질 등 남미에 파견되어 있다.

마지막으로 10국 요원 600명은 네 개의 자치령에 분산 배치되어 있다.

보고서에 따르면 현재 일본 현지에서 활동 중인 요원의 숫자만 550여 명이다.

그런데 독도 침공에 대한 사전 보고가 없었다. 이는 수뇌부의 전격적인 결정에 따른 것임을 의미한다.

그렇다면 왜 침공을 결정했는지에 대한 해답을 찾기 위해 일본 관련 기사들을 검색한 것이다.

"엄 대표님, 아베노믹스가 실패한 정책으로 보도되어 있는데 이실리프 정보 평가도 그러한가요?"

극우꼴통인 아베 신조는 침체된 일본 경제를 살리겠다며 양적완화정책을 실시한 바 있다.

중의원 해산이라는 카드로 신임을 받고는 일사천리로 양적완화정책을 펼쳤다.

처음엔 반짝했다. 하지만 지갑을 열 여력이 없는 서민들이 늘어나면서 일본의 내수경기는 또다시 침체 일로를 걸었다.

아베가 바란 것은 다음과 같다.

　무제한 양적완화 → 엔저 유도 → 수출 대기업 이익 증가 → 임
금 인상 → 내수 자극 → 경기 확장

이런 선순환 구도를 기대한 것이다.

하여 일본의 중앙은행이 경기 부양을 위해 엄청난 돈을 풀
기 시작하자 곧바로 엔저 현상이 나타났다.

주가는 오르고, 외국인 투자도 늘었으며, 관광객 수도 대폭
늘어났다. 일본 수출 기업의 성과는 호전되었고, 소비도 점차
늘어나기 시작했다.

아베가 바라던 선순환 구도가 제대로 작동된 것이다.

그런데 이즈음에 소비세가 5%에서 8%로 인상되었다.

늘어나는 국가 부채 때문에 국가신용등급 강등과 국채 가
격 폭락이 우려되어 불가피하게 올릴 수밖에 없었다.

물가가 오를 때 임금이 따라 오르면 별문제가 되지 않는다.
그런데 임금이 오르기 전에 세금만 늘어났으니 실질 임금은
감소한 것과 다름없게 되었다.

아베가 원한 1~6 과정 중 4번째 과정부터 삐끗한 것이다.

일본 가계의 저축률이 바닥을 치자 더 이상 국채를 받아줄

수 없는 상황이 되었다. 이는 일본 중앙은행 및 시중은행의 자산건전성 악화로 이어졌다.

국채 금리가 인상되자 일본 정부의 국채 이자 비용은 눈덩이처럼 불어났다. 세금으로 점점 더 많아지는 이자를 부담해야 하는 상황이 되자 경기가 위축되기 시작했다.

이전에 올라온 보고서에 의하면 일본 정부의 재정은 이미 파탄이 난 상태이며, 무제한으로 찍어내는 엔화로 간신히 막고 있던 중이다.

그런데 여기에 또 하나의 악재가 발생되었다.

한국의 기술력이 좋아지면서 일본의 수출 주력 상품들의 시장 점유율이 점점 더 떨어지기 시작한 것이다.

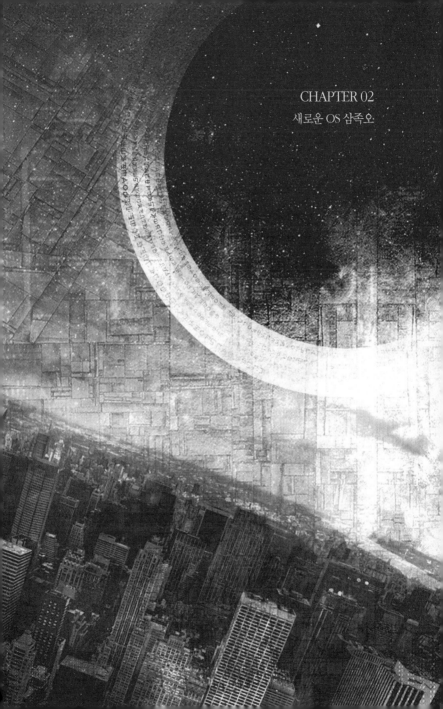

CHAPTER 02
새로운 OS 삼족오

"흐음! 전쟁만이 살길이라고 판단한 모양이군."

2차 세계대전 때 일본은 패전했다. 졸지에 막대한 전쟁배상금을 물어줘야 하는 입장이 되어버린 것이다. 그럼에도 오늘날의 번영을 이루게 된 것은 한국전쟁 덕분이다.

세계적인 전략물자 사재기로 인해 국제 상품 가격이 상승하고, 이와 함께 미군 특수로 일본의 수출은 급증하면서 생산과 고용, 그리고 이윤이 급증한 결과이다.

그때의 경험을 바탕으로 또 한 번의 전쟁을 통해 난국 돌파를 획책한 것이다.

"지들이 잘못해서 망하게 된 건데 그걸 타개하고자 남의 나라를 공격해? 이런 미친놈들은 뜨거운 맛을 봐야 해."

"네? 방금 뭐라 하셨습니까?"

엄규백의 물음에 현수는 고개를 저었다.

"아닙니다. 혼잣말이었어요."

"아, 네."

이때 설화가 전화기를 들고 들어선다.

"오라버니, 스테파니 언니와 연결되었어요."

"아, 그래?"

전화기를 건네받은 현수는 잠시 스테파니와 통화했다.

스테파티의 동생 샌디는 스위스 로잔 공과대학을 졸업했다. 고등학교 과정을 불과 1년 만에 마쳤는데 유럽의 MIT라 불릴 만큼 명문인 이 대학도 3년 만에 조기 졸업했다.

그것도 수석 졸업이다.

그 후 서울대학원에서 석사 과정을 밟았다.

원래는 포항공대대학원으로 가려 했으나 현수가 스테파니에게 제공해 준 아파트가 서울에 있어 방향을 바꾼 것이다.

현수는 주영을 통해 샌디에게 한 가지 부탁을 했다. 마인트 대륙에서 흑마법사들에게 당하기 전의 일이다.

그것은 완전히 새로운 컴퓨터 OS[Operating system]를 개발해 달라는 것이었다.

샌디가 오래전부터 새로운 운영 체계를 개발하고 싶다는 꿈을 갖고 있음을 알기에 한 부탁이다.

물론 스테파티가 일러줘서 아는 일이다.

세상엔 많은 크래커[3]가 존재한다. 이런 자들이 자치령에 마수를 뻗는 것을 어찌 두고 보겠는가!

보안을 위해서라도 독자적인 운영 체계가 필요했다.

"샌디? 반가워요. 나는 김현수라 합니다."

"어머! 정말 회장님이세요? 정말 반가워요."

'으잉?'

샌디의 목소리는 매우 부드러웠다. 그런데 한국어가 너무 유창하다. 스테파니의 친동생이라면 분명 금발미녀일 터인데 토종 한국인과 같은 억양이며 발음이다.

"샌디 베나글리오 양이 맞나요?"

"그럼요! 호호, 제 한국어가 유창해서 그러시는구나? 한국에 와서 많이 배웠어요. 저, 한국말 잘하죠? 호호!"

"그래요. 정말 놀랍군요. 짧은 시간인데 유창해요."

현수 본인은 마법으로 전 세계의 모든 언어를 말할 수 있지만 샌디는 아니다. 불과 3년 만에 한국인과 같은 수준의 언어를 구사하니 놀라운 것이다.

---

3) 크래커(Cracker) : 네트워크를 통해 다른 사람의 컴퓨터 시스템에 침입하는 사람. 크래커는 다소 악의적이고 이기적인 목적이나 이익을 추구한다.

"샌디, 거긴 어딘가요? 한번 만났으면 하는데."

"여긴 반둔두예요, 회장님."

"아! 반둔두요?"

"네, 이실리프 기술연구소에 재직 중이거든요."

"아! 그렇군요."

현수는 고개를 끄덕였다.

새로운 OS를 만드는 동안 민주영은 두 가지 일을 했다. 하나는 샌디와 버금갈 수준의 컴퓨터 전문가들을 섭외하는 일이다.

외국으로 유학 가 그곳에서 학위를 받은 자들 가운데에는 한국으로 복귀하지 않은 우수한 두뇌가 많다.

제시받은 급여가 적어서가 아니다.

지금껏 한국의 기업들은 우수한 두뇌를 대접하여 키우기보다는 단물만 빼먹고 버리는 행태를 보여왔다.

그 결과 과학자들이 연구보다는 권력 암투를 벌이는 일이 많았다.

원하는 연구를 할 수 있는 분위기 조성도 미흡했다.

민주영은 이준섭 이실리프 브레인 대표의 추천을 받은 이들에게 사람을 보내 개별 면담을 실시토록 했다.

그 결과 상당수를 채용할 수 있게 되었다.

샌디가 속해 있는 팀은 IT 계열로 분류되어 있다.

참고로 2014년 기준 국내 IT 관련 대졸 초임은 다음과 같다.

순위	기업명	대졸초임	평균연봉
1	현대오토에버	4,800	
2	SK 텔레콤	4,400	10,500
3	LG 유플러스	4,120	7,100
4	삼성 SDS	4,050	7,700
5	LG CNS	4,040	5,800
6	노틸러스 효성	4,000	
7	삼성전자	4,000	10,200
8	한국 후지쯔	4,000	
9	한화 S&C	4,000	
10	LG전자	4,000	6,900

갓 대학을 졸업하여 이실리프 기술연구소에 입사한 신입
사원의 연봉은 1억 5,000만 원이다. 국내 기업과 비교했을 때
세 배 이상 많은 금액이다.

전 직원 평균 연봉은 4억이 조금 넘으니 이 또한 국내와는
비교할 수 없는 수준이다.

뿐만 아니라 근무하는 동안 실면적 100여 평짜리 2층 주택
이 무상으로 제공된다.

가족 수가 6인 이상이 되면 더 넓은 집이 제공된다.

탄력근무제가 실시되므로 아무 때나 출근 가능하다.

오전 9시에 출근한 경우 점심식사 시간 이전 세 시간 동안
엔 본인이 원하는 연구를 할 수 있다. 오후 근무 네 시간은 각
팀에게 부여된 업무에 관련된 연구를 해야 한다.

기술연구소엔 카페와 뷔페, 제과점 등이 있는데 100% 무료이다. 24시간 개방되어 있으므로 언제든 사용 가능하다.

이 뷔페는 무엇이든 원하는 음식을 이야기하면 즉시 갖춰놓는다. 어떤 연구원 하나가 땅속의 다이아몬드라 불리는 송로버섯 요리가 먹고 싶다고 했다.

송로버섯은 땅속에 숨겨져 있는데 수퇘지나 사냥개의 민감한 후각을 이용하여 채취한다.

또한 프랑스나 이탈리아 등 유럽에서만 생장하는 것으로 알려져 있고 인공 재배는 되지 않는다.

마지막으로 최상급 화이트 송로버섯은 1.2kg에 1억 5천만 원 이상의 가격으로 거래되는 엄청나게 비싼 식재료이다.

송로버섯 요리를 요구한 연구원은 다음 날 점심때 트러플(Truffle)이 메인 재료인 요리를 먹을 수 있었다.

현재 반둔두엔 송로버섯 농장이 있다. 따라서 송로버섯 요리는 연구소 식당에서는 된장찌개처럼 흔한 음식이 되었다.

아리아니가 있기에 가능한 일이다.

이실리프 기술연구소는 전체를 아우르는 관리동을 중심으로 여러 개의 건축물로 구성되어 있다.

물리학동, 화학동, 생물학동, 지구과학동, 천체물리학동, IT동 등 전공별 건물이다.

크기는 거의 다 비슷하다. 공평함을 의미한다.

이 건물들의 외곽엔 연구소 임직원과 그 가족을 위한 건물들이 세워져 있다.

약 500평에 이르는 체력 단련실엔 거의 모든 체력 단련 기구가 갖춰져 있다. 이 밖에 국제 규격 수영장, 탁구장, 당구장, 배구장, 농구장, 볼링장 등이 실내에 있다.

야외엔 24면짜리 테니스 코트와 국제 규격 축구장과 야구장, 그리고 족구장 등도 갖춰져 있다. 이 모든 것은 늘 최상의 상태로 유지되는 중이다.

체육 시설 외곽엔 이실리프 기술연구소 직원들이 기거하는 사택이 지어져 있다.

아울러 슈퍼마켓 등 근린 생활 시설도 있다.

식료품은 당연히 최상급이며 전부 무공해이다. 게다가 국내와는 비교도 할 수 없을 정도로 가격이 저렴하다.

기술연구소 직원 자녀들을 위한 학교가 따로 지어져 있는데 초등학교부터 고등학교까지 전액 무상이다.

중고등학교 과정에 속해 있는 영재들은 별도로 선별하여 기술연구소 직원들이 직접 가르친다.

현재 대학교로 사용할 건물을 짓고 있는 중이다.

민주영이 두 번째로 한 일은 경호에 만전을 기한 것이다.

기술연구소 내부에 있는 사람들 모두가 너무도 중요하기 때문이다. 이를 위해 용병들을 고용했다.

거의 대부분이 특전사나 해병대 부사관 이상인데 보안 유지를 위해 입이 무거운 자들로 선발했다.

이들의 수효는 한 개 연대 병력인 약 2,500명이다. 정식 명칭은 이실리프 기술연구소 경호대이다.

경호대원들에게 지급된 소총은 J—1이다.

이것의 특징 중 하나는 '쏘면 다 맞는다'는 것이다.

400m 거리에 타깃을 놓고 자동 발사 모드로 연속 사격을 실시하면 모든 총알이 직경 5㎝ 이내에 탄착군을 형성한다.

이런 경이적인 명중률을 보일 수 있는 이유는 완벽한 무반동 소총이기 때문이다.

각자에게 권총 또한 지급되는데 H—1이라 부른다. 현수의 이름에서 딴 명칭이다.

J—1과 H—1은 영하 100℃ ~ 영상 100℃에서도 정상 작동된다. 항온마법진 때문이니 실제론 이보다 훨씬 더 낮은 온도이거나 높은 온도에서도 사용 가능하다.

소총과 권총의 일부 부품은 100,000발의 사격 이후에도 부품의 변형이 없다.

아울러 별도의 개조 없이 정확한 조준을 위한 LAM[4] 장착이 가능하다.

J—1과 H—1의 격발 소음은 매우 작다.

---

4) LAM(Laser aiming module) : 레이저 조준 모듈, 레이저 조준기, 조준용 레이저, 적외선 조준기 등으로 불리는 이 장비는 적외선 레이저를 통해 무기의 정확도를 올리는 무기 부착물.

소총 또는 권총에 소음기를 달게 될 경우 조준점이 달라진다. 무게 밸런스가 달라지기 때문이다.

대개의 권총은 발사음이 대충 150㏈ 이상이다.

이것에 소음기를 장착하면 30~35㏈ 정도 줄어드니 그래도 115~120㏈ 정도의 소음은 발생한다.

참고로 전투기 이륙 소음은 약 120㏈이다. 이러니 소음기를 달아도 영화에서처럼 '퓨퓻' 하는 것이 아니다.

실제로는 100m 밖에서도 소음기를 장착한 권총 소리를 들을 수 있다.

그런데 J-1과 H-1은 별도의 소음기를 장착하지 않아도 발사음이 30㏈에 불과하다. 참고로 도서관 소음이 40㏈이다. 이는 논 노이즈 마법이 적용된 결과이다.

마지막으로 J-1은 30발짜리 탄창을 사용하는데 주야 조준경과 LAM을 장착하고, 탄창을 채웠을 때의 무게가 불과 220g이다.

H-1은 20발짜리 탄창을 쓰는데 LAM을 장착하고, 탄창을 채웠을 때의 무게가 불과 200g이다.

모두 경량화 마법 덕분이다.

이 밖에 경호요원들에게 지급되는 내복형 방탄복과 방탄 헬멧이 있다. 천지섬유에서 납품한 이것은 디오나니아 방탄복 및 디오나니아 방탄 헬멧이라 부른다.

전신이 보호되는 세계 유일의 방탄 장구이다.

둘 다 항온마법진과 경량화 마법진이 적용되어 있어 여름에 입거나 써도 전혀 불편함을 느끼지 못한다.

이실리프 경호대에게 지급되는 전투복과 군화 역시 항온마법진이 적용되어 있다.

대원들에겐 직원신분증이 지급되어 있는데 이것엔 바디 리프레쉬뿐만 아니라 앱솔루트 피델러티 마법진이 그려져 있다.

혹시 있을지 모를 배반을 고려한 조치이다.

이들의 주요 임무는 이실리프 기술연구소 보호이며, 연구원 등이 외출할 경우 경호업무를 맡게 된다.

샌디의 경우 상당히 여러 번 외국 출장을 다녀왔는데 그때마다 여섯 명의 경호원이 보호하였다.

"거긴 본인이 원해서 간 건가요, 아니면 회사에서 그쪽으로 가라고 발령을 낸 건가요?"

"그야 당연히 제가 원해서죠. 여기 너무 좋아요."

"아, 다행입니다. 그럼 몇 가지 묻고 싶은데……."

현수는 샌디와 장시간 통화를 했다. 이때 오간 대화의 내용은 아래와 같다.

새로운 컴퓨터 운영 체계가 만들어진 상태이며 현재 시험 가동 중이다. 명칭은 '삼족오(三足烏)'로 정해졌다.

장차 모든 이실리프 왕국에서 사용될 이것의 특징은 호환

성이다. 이쪽에서 저쪽으로는 얼마든지 사용 가능하다.

하지만 저쪽에서 이쪽으로의 해킹은 불가능하다.

운영 체계 자체가 한글로 만들어진 때문이며, 2진법이 아닌 16진법을 사용하기 때문이다.

운영 체계뿐만 아니라 새로운 웹브라우저도 만들었다.

이것의 명칭은 '미리내'이다. 은하수의 순우리말인 이것을 택한 이유는 사방팔방으로 두루 통한다는 뜻이다.

미리내는 익스플로러나 크롬, 사파리, 오페라 등이 가진 모든 장점을 다 갖췄으며 이들이 가진 모든 단점을 극복한 웹브라우저이다.

이것 역시 한글로 만들어졌으며 해킹이나 불법 복제를 못하도록 조치가 취해져 있다.

"그럼 삼족오는 언제부터 사용 가능한가요?"

"내일이라도 회장님께서 지시하시면 바로 가능합니다."

"인터넷도?"

"미리내는 아직 아닙니다."

대한민국과 해외 간의 인터넷을 가능하게 해주는 해저 케이블은 거제에 세 개, 부산에 일곱 개가 있다.

개통 예정인 두 개를 포함한 숫자이다.

이 중 일부를 살펴보면 FLAG Europe—Asia(FEA) 케이블은 총연장 28,000㎞로 14개국과 연결되어 있다.

34개국이 연결되어 있는 SeaMeWe—3 케이블은 39,000㎞, 5개국이 연결된 Trans—Pacific Express(TPE) 케이블은 17,000㎞, APCN—2 케이블은 19,000㎞ 8개국 등이다.

"다 개발되었다면서 아직 아니라니 무슨 뜻이죠?"

"위성을 이용한 인터넷을 쓰려면 전용 위성과 그에 맞는 접시 안테나와 특수 어댑터가 갖춰져야 하는데 아직은 모든 자치령에서 쓸 정도로 많지 않아서입니다."

"아, 그래요? 그건 곧 해결되겠군요. 그럼 언제든 삼족오와 미리내를 쓸 수 있도록 준비해 주세요."

"알겠습니다, 회장님."

"고마워요, 샌디."

"네, 근데 말로만 때우시려는 건 아니죠?"

"……?"

"저요, 아직 다이안 못 봤거든요. 쳇!"

그러고 보니 샌디는 세계적인 걸그룹이 된 다이안의 열렬한 팬이라 했다.

하여 그녀들과 만나게 해주고 사인도 받을 수 있도록 해주겠다는 약속을 한 바 있다.

"알았어요. 다이안 스케줄 확인한 후 바로 연락할게요."

"어머! 정말요? 와아, 신난다!"

샌디의 환호성을 들은 현수는 피식 실소를 지었다.

새로운 OS를 만들 정도로 명석한 두뇌를 가졌지만 여느 여학생처럼 아이돌 그룹을 좋아한다고 생각한 때문이다.

현수는 다이안의 위상이 얼마나 높아졌는지를 아직 모르기에 이런 생각을 하고 있다.

다이안의 명성은 비틀즈나 ABBA를 넘어섰다.

남자로 치면 마이클 잭슨과 스티비 원더, 엘비스 프레슬리와 클리프 리차드, 그리고 프랭크 시내트라가 한 팀을 이룬 것과 같다.

여자의 경우는 비욘세, 셀린디온, 머라이어 캐리, 마돈나, 그리고 휘트니 휴스턴이 이룬 팀이다.

'지현에게'와 '첫 만남' 이후에 발표된 곡 모두 빌보드 차트 1위를 차지했다.

현재까지 발표된 곡은 모두 24곡이다. 매번 두 곡씩 발표했는데 이 곡 모두 빌보드 차트 1위를 했다.

현재 12집까지 나왔는데 빌보드 차트 1위부터 24위까지가 모두 다이안의 곡이다. 곧 13집이 나올 것이기에 관심이 증폭된 결과이다.

샌디와의 통화를 마친 현수는 이실리프 엔터테인먼트 조연 대표에게 전화를 걸었다.

♪ ♫ ♪ ~ ♪ ~ ♫ ♪ ♫ ~ ♫ ♪ ~ ♩ ♪ ~ ♩ ♫ ♪ ~

컬러링으로 들리는 건 현수가 아드리안 공국에 처음 갔을 때 연주되었던 마탑주 찬가이다. 이 곡은 대단히 서정적이었는데 크게 세 개의 멜로디로 구성된 상당히 긴 곡이다.

현수는 이것을 분리시켜 세 개의 곡으로 나눴다. 지금 들리는 건 그중 두 번째에 해당되는 것이다.

"이 곡 제목이 뭐더라? 아, 맞아! 이건 '사랑하는 마음'이라는 곡이야."

사랑하는 이들을 생각하며 쓴 것으로 너무도 사랑하니 한 순간도 떨어져 있고 싶지 않다는 내용의 가사이다.

현수는 아내들을 떠올리며 기분 좋은 미소를 지었다.

그러다 문득 6서클 마스터인 이마르 이사틴과 대결을 앞뒀을 때 연주되었던 멜로디가 떠오른다.

마인트 대륙의 황태자 슐레이만 로렌카가 등장했을 때 울려 퍼진 황태자 찬가이다. 상당히 웅장한 곡이다.

"네, 이실리프 엔터테인먼트 대표 조연입니다."

"반갑습니다. 김현수입니다."

"아이고, 회장님!"

조연 대표는 말을 잇지 못한다. 너무도 황공해서이다.

이실리프 그룹이 있기에 이실리프 엔터테인먼트는 승승장구했다. 이미 세계적인 명성을 가진 다이안은 방송국에 대고 큰소리를 쳐도 된다.

10년 차 중견 가수가 새 앨범을 내면 가장 먼저 문을 두드리는 곳이 지상파 방송사의 가요 순위 프로그램이다.

신곡에 맞는 의상과 헤어, 메이크업, 그리고 백댄서 비용으로 최소 수백만 원은 지불해야 한다.

정상급 아이돌 그룹이라면 수억 원이 될 수도 있다.

그런데 세 개의 방송 프로그램에서 공연을 하고 받는 출연료는 고작 40만 원 정도이다.

가수들은 생방송되는 프로그램에 출연하기 위해 드라이 리허설, 카메라 리허설을 해야 한다.

중간중간 프로그램에 쓰일 영상도 녹화해야 한다.

사전 녹화라도 있는 날이면 새벽 5시에 졸린 눈을 비비고 기상해 준비를 시작한다. 하루 종일 방송국의 좁은 대기실에서 스탠바이하고 있어야 한다.

그리고 받는 출연료가 미용실 비용도 안 되는 것이다.

참고로 신인 아이돌 그룹의 경우는 인원이 몇 명이든 45만 원을 받는다. 5~6년차 정상급 아이돌 그룹이라 할지라도 75만 원이 고작이다.

가수들이 이 돈을 받고도 방송에 출연하는 이유는 신곡 무대를 보여줄 곳이 없기 때문이다.

상황이 이렇다 보니 방송사에선 대놓고 갑질을 한다.

자기네 신곡을 PR하려고 출연하는 것이므로 출연료를 많이 줄 필요가 없다는 식의 대응이다.

그런데 다이안의 명성은 너무도 높다.

전 세계 거의 모든 방송국에서 섭외하려고 혈안이 되어 있다. 출연만 하면 시청률이 수직 상승하기 때문이다.

너무 많은 곳에서 부르기에 다이안은 신곡이 나오면 국내에선 딱 하나의 방송에만 딱 한 번 출연한다.

국내 팬들에게 인사하는 무대이다.

이게 끝나면 미국, 러시아, 지나, 영국, 프랑스, 이탈리아, 독일, 스위스, 스페인, 포르투갈 등지에서 무대를 갖는다.

어쨌거나 국내 방송사에서 받는 출연료는 1인당 2억 원이다. 소득 금액의 38%가 세금인데 이를 제외한 실수령액이 이러하다. 따라서 방송국 장부에 잡혀 있는 실제 출연료는 1인당 3억 2,258만 원이다.

이뿐만 아니라 방송을 준비하기 위해 들어가는 비용 전부 방송국 부담이다. 의상은 물론이고 메이크업 비용과 간식비까지 모두 방송국에서 지불하고 있다.

이를 합치면 방송국에선 1인당 약 3억 5,000만 원 정도를 지불하는 셈이다.

다이안이 명성을 이용한 갑질을 하는 것이다.

그럼에도 국내 가수 중 어느 누구도 이를 시샘하거나 욕하지 않는다. 자신들과는 비교할 수 없는 높은 명성 때문만은 아니다.

다이안은 본인들이 받은 출연료 전액을 불우한 이웃을 돕는 데 쓰라고 이실리프 자선재단에 쾌척하기 때문이다.

물론 이실리프 엔터테인먼트의 몫은 제외된 금액이다.

아무튼 두 달에 한 번씩 신곡을 발표하니 1년이면 48억 원을 기부한다. 이는 18년간 지속될 일이다.

따라서 이 금액을 모두 합치면 864억 원이나 된다.

어쨌거나 매번 공식적으로 기부를 하니 방송국에서도 불만은 없다. 자신들이 지불한 돈이 좋은 일에 쓰인다는 것뿐만 아니라 외국의 방송사에서는 이보다 더한 대접을 해준다는 것을 알기 때문이다.

2016년엔 다이안이 미국 ABC방송사로부터 출연 제의를 받았을 때 항공편이 마땅치 않아 곤란하다는 의사를 표하자 곧바로 전세 제트기가 동원되었다.

당연히 모든 비용은 ABC방송국에서 지불했다.

그 해에 러시아 국영 TV·라디오 방송사[VGTRK]에서도 전세기를 띄워 다이안을 모셔갔다.

영국과 프랑스, 이탈리아, 독일, 스웨덴, 덴마크, 네덜란드, 스페인, 포르투갈, 스위스 등도 예외는 아니다.

방송국들이 이런 경쟁을 하는 이유는 다이안이 출연한다는 공지가 뜨면 시청률이 수직 상승하기 때문이다.

실제로 지나의 모 방송은 시청률이 0.12%에 불과했다.

그런데 출연 한 달 전에 공지를 띄워놓자 곧바로 10%대로 뛰어올랐다. 방송 당일의 시청률은 무려 70%에 육박했다.

이 방송사에선 꼼수를 부려 다이안이 출연한 60분짜리 프로그램을 여섯으로 쪼개 다음 방송에 끼워 넣었다.

그 결과 63%, 61%, 65%, 60%, 63%, 64%를 기록했다. 당연히 수많은 광고가 붙어 방송사는 많은 돈을 벌어들였다. 이후로도 계속된 유료 다운로드 덕분에 어마어마한 수익을 거뒀다.

게다가 방송국의 인지도가 높아져 다이안이 출연하지 않음에도 약 2%대의 시청률을 유지하게 되었다.

참고로 이 시청률은 한국에선 20%에 해당된다.

어쨌거나 다이안은 최고의 위치에 있지만 이실리프 엔터테인먼트에 소속된 다른 가수나 연기자 등은 그렇지 못하다.

다른 연예기획사와 달리 이실리프 엔터테인먼트는 일체의 접대 행위를 하지 않는다.

방송국 PD에게 뇌물을 주는 일도 없고, 술자리조차 같이하지 않는다. 성상납은 당연히 없다.

누구든 성상납을 바라는 뉘앙스를 풍기면 곧바로 언론에다 대고 이야기해서 개망신을 줬다.

그 결과 방송사 PD 여섯 명이 해고당했고, 국회의원 열한 명은 다음 선거에서 낙선했다.

이실리프 엔터테인먼트에선 누구든 만날 때 항상 녹음한

다는 것을 미리 공표한 상태이기에 가능한 일이다.

그래서 그런지 다이안을 제외한 나머지 연기자 및 가수들의 섭외가 쉽지 않았다.

다이안의 국내 활동이 다양하다면 끼워 넣기라도 시도하겠는데 워낙 외국에 있는 시간이 많아 불가능했다.

물이 깨끗하면 고기가 적다면서 적당히 혼탁해도 된다는 충고도 들었지만 조연 대표는 원칙을 고수했다.

그럼에도 소속 연예인들의 수입이 적어서 걱정이 태산이다. 조연 대표의 이런 한탄을 들은 민주영은 방송국 설립을 추진하고 있는 중이다.

검토하고 있는 것은 인터넷 방송사이다. 국내뿐만 아니라 국외 시청자도 많을 것이기 때문이다.

이 방송사는 한반도 북쪽 이실리프 왕국에 세워진다.

그래서 속칭 '방통위'라 불리는 '방송통신위원회'의 억압과 규제로부터 완전히 자유롭다.

가칭 YBS인 이 방송사에선 홈쇼핑과 음악방송, 그리고 드라마와 뉴스 등이 방영된다.

홈쇼핑에선 이실리프 계열사의 상품을 우선적으로 소개한다. 항온의류, 듀 닥터, 쉐리엔, 스피드, 목재 펠릿 보일러, 그리고 태양광 발전설비와 각종 농축산물, 가공품 등이다.

이 밖에 품질이 확인된 중소기업의 상품들도 소개되는데

다른 홈쇼핑 방송사와는 다를 예정이다.

지난 2015년 모 TV홈쇼핑 방송사와 납품업체 간의 갑질 논란이 여론의 뭇매를 맞은 바 있다.

이 방송사와 납품업체 간의 계약 구조를 들여다보면 물건이 팔리든 안 팔리든 방송 시간에 따른 홈쇼핑 방송사의 마진을 선입금해야 한다.

사람들은 100원짜리 상품을 판매할 경우 TV홈쇼핑에 지불하는 금액이 25원~30원 정도로 알고 있다.

그런데 이런 경우는 거의 없다.

택배비 및 물류비용 등 부대비용까지 모두 합하면 45원~50원을 TV홈쇼핑 방송사가 먹는다.

이쯤 되면 칼만 안 들었지 강도나 다름없다.

하여 중소기업들은 물건을 팔아봐야 남는 게 없어서 더 이상 홈쇼핑에서 판매하지 않겠다고 떨어져 나가곤 했다.

YBS를 설립하는 이유는 이실리프 계열사에서 생산하는 상품에 대한 홍보가 주목적이다.

따라서 일반 상품에 대한 이윤은 10%로 선을 그었다.

매출에 대한 이윤이며, 상품이 하나도 안 팔리면 단 한 푼도 받지 않는다.

이 물건을 사면 이런 걸 사은품으로 무상 지급하겠다는 방송은 결코 하지 않을 계획이다.

또한 '주문쇄도', '매진임박', '1분 후 판매종료' 같은 자극적인 문구도 실제가 아닌 경우엔 쓰는 일이 없을 것이다.

지상파 방송의 광고비가 비싸 엄두를 못 내는 중소기업의 믿을 만한 제품들을 밀어주기 위함이기 때문이다.

다이안 및 소속 가수들의 공연으로 이루어진 음악방송과 드라마엔 광고가 붙는다.

이실리프 계열사 제품들에 대한 광고는 무료이다. 하지만 다른 기업의 광고는 유료이다.

국내 방송사 광고비의 10분의 1 정도를 받을 계획이다. YBS는 이윤 추구가 목적이 아닌 방송사이기 때문이다.

마지막으로 YBS에서는 뉴스를 방송할 예정이다. 진짜 공정하고 정정당당한 보도가 될 것이다.

정부가 감추려는 모든 것을 낱낱이 까발려 더 이상 국민을 기만하지 못하도록 할 것이다.

공무원이 잘못을 저지른 경우엔 아예 실명과 소속, 그리고 어떤 짓을 했는지 거론하여 반드시 처벌받도록 할 예정이다.

판사가 그릇된 판결을 내릴 경우엔 그 부당함을 모두가 알도록 하여 얼굴을 들고 다닐 수 없도록 할 것이다.

경찰이나 검사의 잘못도 모두 거론하여 같은 일이 반복되지 않도록 할 계획이다. 군대에서 폭행당하는 일이 벌어지거나 학교 폭력 사건 또한 낱낱이 보도할 것이다.

사건을 은폐하려 할 경우엔 이를 주도한 자들에 대한 특별 조사를 실시하여 그 자리를 잃게 만들 것이다.

공무원은 국민이 낸 세금으로 월급을 받는다.

따라서 국민을 위해 공정한 서비스를 제공하는 존재일 뿐 국민 위에 군림하는 상전이 결코 아니라는 것을 깨닫게 하는 것이 목적이다.

뉴스는 한국어로도 방송하겠지만 스페인어와 영어로도 번역되어 보도될 예정이다.

YBS 홈페이지엔 방송 화면이 곁들어진 뉴스 전문이 프랑스어, 독일어, 지나어, 힌두어, 아랍어, 러시아어 등으로 올라갈 것이다.

전 세계 어디서든 한국에서 벌어지는 온갖 불편부당한 일을 똑똑히 알리기 위함이다.

필요에 따라 상세한 주석이 달리기도 할 것이다. 관습이나 한국인의 정서를 이해 못하는 경우도 많기 때문이다.

이렇게 되면 전 세계가 한국에 대해 알 수 있을 것이다.

자칫 안 좋은 면만 부각시켜 국가를 수치스럽게 한다는 말을 들을 수도 있다. 그래도 알릴 건 알려야 한다.

정정당당한 대한민국으로 변신케 하려면 권력자들이 벌이는 못된 짓들을 확실하게 까발려야 하기 때문이다.

그렇다 하여 마냥 나쁜 점만 보여주는 것은 아니다. 선행이

나 미담, 권장 사항과 좋은 정보 등도 보도될 예정이다.

취재를 노골적으로 방해하거나 폭력을 행사하는 경우, 또는 공권력의 부당한 행사가 있을 경우엔 그에 합당한 강력한 처벌을 가할 것이다.

하수인뿐만 아니라 지시한 자까지 모조리 색출하여 징벌도로 보내거나 막장 속에 처넣을 수도 있다.

한번 막장에 들어가면 1년에 한 번 정도 햇볕 구경을 하는 중노동에 시달리게 될 것이다.

깊이 반성한다 해도 결코 원위치 되는 일은 없을 것이다. 그래줄 하등의 이유가 없기 때문이다.

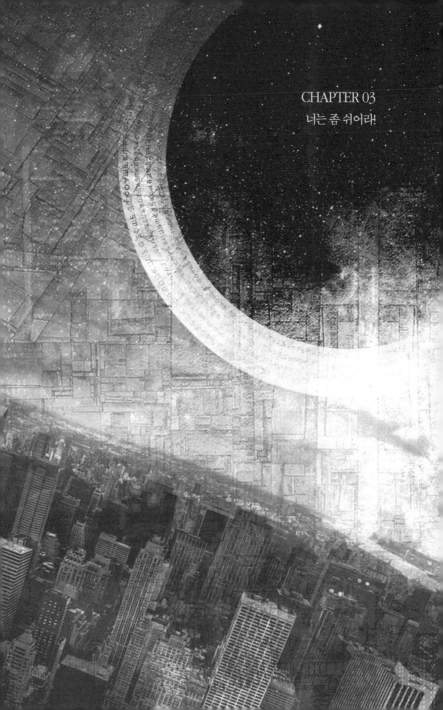

CHAPTER 03
너는 좀 쉬어라!

"오랜만입니다, 조 대표님."

"네, 회장님. 정말 오랜만입니다. 잘 지내셨죠?"

"네, 그럼요."

"언제 한번 뵈어야 하는데… 회사가 조금 그래서… 죄송합니다, 회장님."

본인이 경영을 잘못하여 수익이 시원치 않다 생각하는 모양이다.

"죄송할 게 무어 있습니까? 괜찮습니다. 그나저나 뵈었으면 하는데 시간은 어떠신지요?"

"혹시 무슨 일이라도 있으신지요?"

조연 대표의 음성엔 은근한 걱정이 실려 있다.

"일이라니요? 그런 거 없습니다. 다이안과 만나고 싶어서 그러는 겁니다. 그런데 스케줄이 어떤지 모르겠네요. 언제가 괜찮습니까?"

"아이고, 회장님이 말씀하시면 언제든 시간 비워야죠."

조 대표의 음색은 금방 활기로 가득 찬다.

"…그래도 됩니까?"

"그럼요. 누구 덕에 오늘날의 다이안이 된 건데요. 말씀만 하시면 새벽이든 한밤중이든 재깍 대령하겠습니다."

"아뇨. 그러지 마시고 킨샤사에 올 수 있는 시간 좀 알아봐 주세요. 휴양 겸 해서 오는 걸로 했으면 좋겠습니다."

"킨샤사요? 알겠습니다. 확인 후 연락드리겠습니다."

"네, 감사합니다."

통화를 마치자 엄규백이 기다리고 있다가 입을 연다.

"방금 전에 대통령과 외무장관과의 면담이 끝났습니다."

"그래요? 어떻게 대응한다고 합니까?"

"저쪽에서 더 큰 도발을 하기 전까지는 절대 응사하지 말고 대화로 문제를 풀라고 지시 내렸습니다."

"…대통령이요?"

"네, 그렇다고 합니다. 아, 잠시만요."

엄규백은 자신의 노트북에 시선을 모은다. 그러다 저도 모르게 중얼거린다.

"이런 빌어먹을!"

"왜 그럽니까?"

"아, 죄송합니다. 방금 새로운 보고가 들어왔는데 대통령이 독도를 포기하라는 지시를 내리려 한다고 합니다."

"뭐라고요? 독도를 포기해요?"

"네, 일본 정계를 막후에서 지배하는 시게노 나루토시라는 자가 있습니다."

"시게노 나루토시오? 그자가 누군가요?"

"으음, 욱일회 회주라고 말씀드리면 아시겠습니까?"

"네? 뭐라고요?"

현수가 놀란 표정을 짓자 엄규백의 말이 이어진다.

"방금 전 대통령이 그자와 이메일을 주고받았습니다. 그런데 일본의 Excite 메일 계정입니다."

"한국의 대통령이 일본 고유 검색 엔진인 Excite에 메일 계정을 가지고 있다는 말입니까?"

"그렇습니다. 시게노 나루토시에게 보낸 메일의 내용은 다음과 같습니다."

엄규백은 노트북의 글귀를 그대로 읽어 내렸다.

드디어 시간이 왔군요. 오래 기다리셨습니다. 이쪽은 물러설
것입니다. 뜻하는 대로 행하셔도 좋습니다.

—가네다

"가네다는 또 뭡니까?"

"아마도 대통령의 일본식 이름의 성인 듯합니다."

"흐음! 대통령이 국민 몰래 창씨개명을 했나 봅니다. 대통
령이라는 작자가 이래도 되는 건지……."

현수는 미간을 많이 좁혔다. 아주 마음에 들지 않기 때문이
다. 그렇게 잠시의 시간이 흘렀다.

"대통령 유고 시 권력 승계 서열을 다시 한 번 봅시다."

"네, 여기……."

엄규백은 표정에 변화를 일으키지 않았다.

앱솔루트 피델러티 마법 때문이다. 따라서 현수가 어떤 결
정을 내리든 즉각 명대로 하게 될 것이다. 빠르게 권력 승계
순위를 읽어 내린 현수는 엄규백에게 시선을 주었다.

"요원들에게 연락하여 대통령과 국무총리, 그리고 경제부
총리와 교육부총리, 미래창조과학부장관의 현 위치를 파악
후 보고해 주십시오."

"…어떻게 하시려는 겁니까?"

엄규백은 왠지 모를 불안감을 느끼는 모양이다.

"생선 가게는 고양이에게 맡기는 것이 아닙니다. 주인의 뜻을 명확히 대리할 수 있는 사람이 지켜야지요."

"어떻게 보고드리면 되겠습니까?"

"방금 말한 것의 역순으로 현 위치를 문자로 넣어주세요."

"알겠습니다. 지시대로 따르지요."

엄규백은 곧바로 현수의 지시사항을 요원들에게 전파했다.

잠시 후, 각 부 장관 등을 비롯한 요인들의 현 위치가 보고되었다.

"이런……!"

"왜 그럽니까?"

"그게… 미래창조과학부장관은 현재 룸살롱에 있다고 합니다. 기업인들과 함께입니다."

무슨 일로 접대를 받고 있을지 뻔하다.

"…위치는요?"

"강남구 대치4동……."

엄규백의 보고를 들은 현수는 아공간에 담겨 있는 정밀 지도를 꺼내 위치를 파악했다.

"엄 대표는 이곳에 있으면서 계속 보고해 주세요."

"네? 아, 네."

엄규백은 빠르게 집무실 밖으로 나가는 현수의 뒷모습을 바라보곤 고개를 끄덕인다.

현수의 집무실 문을 열면 두어 발짝 앞에 또 다른 문이 있다. 안에서의 대화를 비서실에서도 들을 수 없도록 일종의 전실이 갖춰진 때문이다.

따라서 문이 닫힘과 동시에 현수의 신형이 사라지는 것을 볼 사람은 아무도 없다.

"텔레포트!"

샤르르르르—!

*　　　*　　　*

"하하하! 좋습니다, 좋아! 그렇게 되도록 내가 힘 좀 쓰겠습니다. 그러니 안 사장님은 염려 탁 놓으시면 됩니다."

"아이고, 감사합니다. 민아라고 했지? 장관님 잘 모셔라."

"네, 그럼요."

민아는 안 사장이 슬쩍 찔러주는 10만 원짜리 수표를 받아 챙겼다. 이 순간 브래지어 속을 파고드는 손이 있다.

이 자리의 주빈인 미래창조과학부장관이다.

처음 이 룸에 발을 들여놓았을 때 느글느글하게 생긴 장관의 상판을 보았다. 마음에 들지 않는 얼굴이다.

잘생기고 못생긴 것을 떠나 욕심 사납게 생긴 때문이다. 이런 자들 대부분이 우악스럽다.

하여 제발 파트너가 안 되었으면 했는데 오늘도 어김없이 머피의 법칙이 적용되어 이놈의 시중을 들게 되었다.

10만 원짜리 수표 두 장을 챙긴 민아는 이를 접어 브래지어 속에 넣으려 했다. 주머니가 없는 옷을 입고 있기 때문이다.

그런데 그보다 먼저 브래지어 속을 파고드는 손길이 있다.

'으으웃!'

예상대로 우악스런 손길이다. 통증이 느껴지지만 어찌 인상을 찌푸리겠는가!

민아는 얼른 빈 술잔에 양주를 채워 넣었다.

"장관님, 제 술 한 잔 받으세요."

"그래? 어어, 그래라 그럼! 하하하!"

미래창조과학부장관은 방금 받은 문자 메시지를 보고 기분이 좋아졌다. 운전사로부터 온 것인데 내용은 자양강장제 세 박스를 받아 뒷좌석에 모셔두었다는 내용이다.

5만 원권 지폐를 넣으면 한 박스당 3,000만 원은 너끈히 들어간다. 세 박스라면 최소가 9,000만 원이고 꾹꾹 눌러 담으면 1억 원도 가능하다.

오늘 이 자리에 올 때 공돈이 생길 걸 예상했다. 그런데 예상보다 많은 금액인 듯하니 기분이 좋은 것이다.

하여 절로 손에 힘이 들어간다. 한편 민아는 가슴에서 느껴지는 통증을 애써 참고 있다.

'으으! 아프다. 제기랄, 멍들 텐데. 나쁜 놈!'

민아는 슬쩍 몸을 돌려 손길을 피하려다 만다. 더 강하게 움켜쥐었기 때문이다.

"아아! 아파요."

"크흐흐! 아파? 크흐흐! 아프다고? 고년 참, 앙탈은…….."

미래창조과학부장관은 더욱 손에 힘을 주었다. 민아가 인상을 찌푸리며 내뱉는 신음을 더 즐기려는 것이다.

"아아! 진짜 아프단 말이에요. 아아아!"

민아가 저도 모르게 큰 소리를 내는 순간 누군가의 음성이 들린다.

"매스 슬립!"

"하음! 끄웅……."

털썩―!

"에이, 쓰벌! 이런 놈을 장관이라고 뽑아놓다니… 진짜 눈이 삔 거야, 뭐야? 딥 슬립, 딥 코마!"

누군가의 중얼거림이 있었지만 어느 누구도 듣지 못한다. 모두가 깊은 잠속으로 빠져든 때문이다.

잠에서 깨어나면 모두가 멀쩡하겠지만 미래창조과학부장관만은 아니다. 이 세상의 어떤 각성제로도 깨울 수 없는 혼수상태에 접어든 때문이다.

현수가 마인트 대륙 황태자 전용 서고에서 읽은 7서클 마법 중 하나이다. 이 마법이 구현되면 시전자가 캔슬하기 전까지는 절대로 깨어나지 않는다.

이 마법의 원래 목적은 굶겨 죽이는 것이다.

당사자는 죽는 줄도 모르겠지만 이를 지켜보는 가족들은 몹시 고통스러울 것이다.

아무런 상처도 없이 의식만 잃었으니 어떻게든 깨우려 온갖 수단을 강구할 것이다. 그러는 동안 재산은 모두 탕진된다. 다시 말해 일석이조를 노린 마법이다.

현수가 사라지고 난 뒤 분위기 파악을 위해 룸에 들어선 마담은 모두가 잠든 모습에 나직이 혀를 찬다.

"쯧쯧! 잠은 집에 가서 자지 귀찮게 왜 여기서……. 얘, 김 군아! 나가서 이 손님들 기사 불러와라!"

안 사장과 미래창조과학부장관 등이 차에 태워져 집으로 가는 동안 두 명의 장관이 추가로 딥 코마에 빠져든다.

대통령 유고 시 권한을 대행하는 서열 2위와 3위인 경제부총리와 교육부총리이다.

경제부총리는 검사들과 더불어 서초동 룸살롱에 있었다.

그곳에서 오간 대화는 말 안 듣는 몇몇 기업을 어찌 손봐줄지에 관한 내용이었다.

가만히 들어보니 아주 나쁜 놈이다. 자신들에게 뇌물을 바치지 않는다고 없는 죄를 만들어서라도 엮으려고 했다.

현수는 경제부총리뿐만 아니라 검사들까지 딥 코마 마법을 걸어 아주 깊은 잠에 빠져들도록 했다.

국민을 위해서 써야 할 권력으로 자기 배나 채우려 하니 사회에서 격리될 필요가 있다 생각한 것이다.

다음으로 제압한 것은 교육부총리이다.

현수가 당도했을 때 애첩과 밤일을 하고 있었다.

교육을 책임져야 할 자가 권력과 돈으로 자신보다 서른 살이나 어린 여자를 유린하고 있던 것이다.

당연히 딥 코마 마법이 구현되었다. 이때 현수는 나직이 중얼거렸다.

"너는 좀 쉬어라. 그렇게 쉬다 보면 조만간 화장터에서 활활 불타오르고 있을 것이다."

20분 후, 국무총리 역시 같은 마법에 당했다.

"이봐요, 총리. 아무리 졸려도 그렇지."

대통령은 대화 중이던 국무총리가 잠든 모습에 어이없다는 표정을 지었다. 하지만 그 시간은 길지 않았다.

"딥 코마!"

대통령 또한 깊은 혼수상태로 접어드는 것을 확인한 현수는 조용히 청와대를 빠져나왔다.

약 10분 후, 청와대가 어수선해진다.

보고할 내용이 있어 대통령 집무실로 들어선 비서실장에

의해 둘의 유고 상황이 발견된 때문이다.

즉각 주치의가 불려 나왔다. 반응이 없자 앰뷸런스를 불러 서울대학병원으로 향했다. 그러나 둘 다 깨어나지 않았다.

대통령 비서실장은 법에 따라 권력을 대행할 경제부총리 등에게 연락했다.

그런데 모두가 인사불성 상태라 한다.

부인들이 말하길 많은 술을 마신 듯하여 아무리 깨워도 일 어나지 않는다니 어쩌겠는가!

교육부총리는 아예 연락이 닿지 않았다.

부인에게 물어보니 중요한 회의가 있어 늦게 귀가하거나 아예 못 들어올 수도 있다고 했다.

하여 교육부 비상연락망을 가동시켰다. 그런데 중요한 회 의라는 건 애초에 없다고 한다.

평상시 같으면 어떻게든 연락을 취했겠지만 지금은 일본 해군이 독도를 침범한 상태이다.

통수권자의 결정이 필요한 시기이다. 하여 순서에 입각하 여 외교부장관에게 연락했다.

"네, 정순목입니다."

"장관님, 접니다. 청와대 김 실장입니다."

"아, 네, 김 실장님. 대통령님이 찾으시나요?"

조금 전 청와대를 방문했던 정 장관은 일체의 대응도 하지 말라던 대통령의 의중이 무엇일까를 고심하던 중이다.

대통령은 권모술수에 뛰어난 인물이다. 그렇지 않았다면 다섯 번이나 국회의원 자리를 차지하지 못했을 것이다.

어쨌거나 일본의 무력 침공에 즉각적인 반응을 보여야 함에도 마냥 느긋하기만 했다.

뭔가 수가 있는 듯하다. 그런데 그게 뭔지 도통 알 수 없다. 하여 청와대를 나온 이후 집으로 가지 않고 집무실에서 대기하던 중이다. 일본대사와 어떤 대화를 하라는 지시가 내려올 듯싶어서이다.

"아닙니다. 하지만 지금 즉시 청와대로 와주셔야 합니다."

"들어오라고 합니까?"

"그건… 네. 지금 들어오셔야 합니다."

"알겠습니다. 바로 들어갑니다."

수화기를 내려놓은 정 장관은 의복을 가다듬고 곧장 청와대로 향했다.

"네에? 대통령님이 유고 상태라고요? 총리님은요?"

"국무총리도 마찬가지입니다."

"혹시 술을 과하게 드신 겁니까?"

"아닙니다. 두 분은 술을 드시지 않았습니다."

"그런데 어떻게······?"

"의사들도 모른다고 합니다. 아무튼 일본 해군의 무력 침공에 대한 대응 방법을 결정하여야 하는 시점입니다."

"그렇지요."

정 장관이 고개를 끄덕이자 김 비서실장이 입을 연다.

"경제부총리와 미래창조과학부장관은 과음으로 인사불성 상태이고, 교육부총리는 현재 연락 두절입니다. 법률에 따라 외교부장관께서 대통령 권한대행을 하셔야 합니다."

"제가요?"

정순목은 단 한 번도 권력의 정점인 대통령을 꿈꾼 바 없다. 정치적 기반이 없으니 후원 세력도 없다.

외교부는 특성상 국민과의 접촉도 적다. 따라서 출마해도 인지도가 낮아 당선될 확률이 없다.

무엇보다도 본인이 대통령직을 수행할 만큼 큰 그릇이 아니라는 생각을 가지고 있다.

그런데 느닷없는 대통령 권한대행을 하라는 말을 들었다. 하여 멍한 표정을 짓고 있는데 비서실장의 말이 이어진다.

"대통령 권한대행 결정을 위한 긴급 국무회의가 소집되었습니다. 잠시 후에 모두 당도할 예정입니다. 그에 앞서······."

만일을 생각하여 모든 법적인 절차를 밟으려는 듯 소상한 설명이 이어진다. 그러는 동안 국무위원들이 당도했다는 보고 또한 이어졌다.

약 30분 후 출석 가능한 모든 국무위원이 모였다.

"방금 전에 설명드린 대로 대통령님 이하 승계권자 모두가 강력한 각성제로도 의식을 찾지 못하는 상황입니다."

"누군가의 음모가 있었던 것은 아니오?"

"대통령님과 국무총리는 집무실에서 회의를 하던 중에 의식을 잃었습니다. 경제부총리님과 미래창조과학부장관은 과음이 확실합니다."

"교육부총리는 왜 이 자리에 없는 거죠?"

"현재 연락이 닿지 않습니다."

"일국의 장관 겸 부총리인데 연락이 닿지 않는다니요? 비서며 운전기사가 있잖습니까?"

"부총리께서 홀로 차를 몰고 퇴근하셨다 합니다. 아직 귀가 전이고요. 교육부 비상연락망을 가동했지만 소재 파악이 되지 않습니다."

"……!"

방금 질문한 행정자치부장관은 뭔가 짚이는 게 있는 듯 입을 다문다. 교육부총리와는 친구 사이이기에 나이 어린 첩이 있음을 알기 때문이다.

"아시다시피 독도 해역에 일본 군함이 들어와 있는 상태입니다. 우리 초계함인 광명함을 향한 포격도 있었습니다. 군통

수권자인 대통령님의 결정이 있어야 하는데 현재 유고 상태입니다. 따라서 법률에 의거 권한대행에 관한 국무회의 의결이 있어야 합니다."

비서실장의 말에 어느 누구도 토를 달지 않는다.

"정부조직법 제26조 ①항을 보면 대통령 유고 시 권한대행 서열은 국무총리, 경제부총리, 교육부총리, 미래창조과학부장관, 외교부장관, 통일부장관, 법무부장관 순입니다."

이번에도 모두들 고개만 끄덕이고 있다. 장관에 임명된 이후 한 번쯤은 읽어본 조문이기 때문이다.

"국무총리와 경제부총리, 그리고 교육부총리와 미래창조과학부장관은 현재 권한대행을 할 수 없는 상황입니다. 이에 다음 서열에 해당하는 외교부 정순목 장관께서 권한대행을 수행하는 것에 대한 의결을 실시토록 하겠습니다. 찬성하시는 분은 손을 들어주십시오."

비서실장의 말이 끝나기 무섭게 국방부장관이 손을 든다.

이건 어차피 형식적인 절차에 불과하다.

법률에 의해 정해진 순서가 있으니 이의를 제기하고 말고 할 건더기가 없기 때문이다.

나머지 국무위원 역시 손을 든다. 반대할 수 없는 의결이니 찬성을 표한 것이다.

"만장일치로 찬성하셔서 정순목 외교부장관께서 대통령직

권한대행을 맡으셨음을 선포합니다."

땅, 땅, 땅—!

의사봉을 세 번 두드린 비서실장은 한 걸음 물러서며 정순목 장관을 바라본다.

"허험! 미흡한 제가 너무도 막중한 책임을 맡았습니다. 법률에 의거한 국무회의 의결에 따라 대통령님께서 깨어날 때까지 임시로 권한대행을 맡도록 하겠습니다."

"……!"

모두들 말이 없다. 축하해 줄 분위기가 아니기 때문이다.

"두어 시간 전 저는 일본대사를 불러 일본 해군이 우리 독도 해역에 난입한 것과 우리 초계함인 광명함을 상대로 포격을 가한 것에 대한……."

정 장관은 일본대사와 있던 일을 이야기했다.

국방부장관은 얼굴이 붉어진다. 제대로 열 받은 것이다. 장관들 가운데 절반이 그러하다. 나머지 절반은 친일파라 안면 변화가 없었지만 어느 누구도 이를 눈치채지 못한다.

"그랬더니 대통령님께서는 대기하라 하셨습니다. 하여……."

대통령 면담 시 오간 대화 역시 소상히 설명하였다.

"비서실장님, 대통령님께 어떤 복안이 있으셨는지요?"

"저는 모릅니다. 권한대행께서 면담하시는 동안 비선을 통한 정보를 수습하느라 바깥에 있었습니다."

"흐음! 대체 어떤 생각을 하셨기에 대응하지 말고 기다리라 했을까요?"

"그러게요. 뭔가 수가 있으셨을 텐데……. 국방장관님, 혹시 따로 지시받은 내용이 있습니까?"

"아뇨. 없습니다."

국방장관이 단호하게 대꾸하자 국무위원들은 고개를 갸웃거린다. 대통령의 속내를 짐작하기 어려운 때문이다.

이때 국방장관의 입이 열린다.

"권한대행님, 일본 해군은 우리 영해를 무단 침입했을 뿐만 아니라 우리 초계함에 포격을 가한 바 있습니다. 이에 대한 보복을 허가하여 주시기 바랍니다."

"자칫 한일전으로 비화될 수 있습니다."

"그렇다 하여 손 놓고 당할 수만은 없지 않습니까?"

해군도 국방부 소속이다. 그러니 열 받는 게 당연하다. 이때 행정자치부장관이 끼어든다.

"국방장관님, 우리에게 전작권이 없습니다. 따라서 한일전을 결정하기 전에 미군에게 먼저 물어야 하는 것 아닙니까?"

"…강도가 칼을 들고 집 안에 들어왔는데 30분 거리에 있는 경찰서에 신고하고 가만히 있자는 말씀이십니까?"

국방장관의 시선을 받은 행정자치부장관은 슬그머니 음성

을 줄인다.

"아, 아니, 제 말을 그게 아니고……."

이때 정순목 권한대행이 단호한 표정으로 국방부장관에게 시선을 준다.

"권한대행으로서 전군에 데프콘1을 선포합니다. 할 수 있는 모든 방법으로 일본 해군을 즉각 우리 해역 밖으로 쫓아내십시오."

"네, 알겠습니다. 전군에 데프콘1 선포합니다."

국방부장관이 자리에서 일어서려 하자 행정자치부장관이 다시 입을 연다.

"데프콘 발령 권한은 한미연합사령관에게 있습니다."

"뭐요?"

지금껏 유하다는 평가를 받던 정순목 권한대행의 쏘는 듯한 시선을 받자 행정자치부장관은 다시금 발을 뺀다.

"제가 드린 말씀은 법률상 그렇다는 겁니다. 아시다시피 우리에겐 전시 작전 권한이 없지 않습니까."

"내가 아는 전작권은 북한과의 전쟁이 발발했을 때를 대비한 겁니다. 한일전에 관한 내용은 단 한 줄도 없습니다."

"그건 그렇지만 우리가 일방적으로 나가면 미군이 딴죽을 걸거나 일본 편에 설 수도 있습니다."

"우리가 일방적이라고요? 일본이 우리 영해에 침범하여 우리 함선에 포격을 가한 건 대체 뭡니까?"

정 권한대행의 고함에 가까운 소리에 행정자치부장관은 슬그머니 물러앉는다. 평생을 권력에 빌붙어 살다 드디어 한 자리 차지하고 앉은 인물답다.

그러면서도 할 말은 하겠다는 듯 중얼거린다.

"제 말은 그렇다는 거지요."

행정자치부장관이 찌그러지는 모습을 본 국방부장관은 이맛살을 찌푸린다. 마음에 들지 않아서이다.

"방금 전에 말씀드린 대로 대한민국은 전시 상태입니다. 각 부서는 법령에 의거하여 알아서 움직여 주십시오."

"네, 권한대행님."

정순목은 다시 국방장관에게 시선을 준다.

"내가 알기로 우리 해군은 일본에 비해 열세입니다. 감당하실 수 있겠습니까?"

"있습니다. 놈들을 납작하게 찌그러뜨리겠습니다."

여성가족부 해체 건의 이후 괘씸죄로 물러난 오정섭 전임 장관의 후임인 이권호 국방부장관은 해군 출신이다.

해군 내부에 비리가 있음을 고발한 부하가 있었는데 이를 제대로 관리하지 못했다는 책임을 물어 3성장군일 때 강제 예편당해 초야에 묻힐 뻔한 인물이다.

특이하게도 이 장관은 해사를 졸업한 후에도 공부를 계속

하여 서울대 대학원을 졸업했고, 이후 칼텍[5]으로 가서 물리학 박사 학위를 취득한 엘리트이다.

자리에서 물러나게 되자 목포에 소재한 국립해양대학교 총장은 이 장관을 석좌교수로 초빙하였다.

그 후 많은 젊은이와 대화를 나누었는데 어느 날 문득 세상의 한쪽 면만 보고 산 것이 아닌가 하는 생각을 했다.

세상사에 대한 자신과 학생들 간의 의견에 골 깊은 괴리가 있다는 느낌을 받은 것이다.

하여 지난 세월 동안 뉴스를 섭렵해 보았다.

평생을 보수의 시선으로 바라보았는데 세상은 나름 정의롭고 공평했다. 그런데 다른 시각으로 보니 대한민국엔 불편부당한 일투성이고 불공평하기 이를 데 없었다.

'유전무죄 무전유죄'는 애교라 할 정도이다.

있는 자들은 온갖 갑질을 하며 떵떵거리며 살고 있다.

반면 약자들은 아무리 열심히 발버둥 쳐도 평생을 가난에서 벗어나지 못하는 불합리한 사회 구조이다.

어느 한쪽이 반드시 옳다고 할 수는 없기에 보다 깊이 있는 사색을 통해 세상을 다른 눈으로 보게 되었다.

하여 냉철하고 엄정한 중립적 시각으로 본 세상은 예편하기 이전과 많이 달랐다. 그 결과 전과는 전혀 다른 사람이라

─────────────

5) 칼텍(Caltech) : 미국 캘리포니아 주 파사데나에 위치한 연구 중심 공과대학. MIT 공대와 쌍벽을 이루는 미국 최우수 대학.

고 해도 좋을 정도로 마인드에 변화가 있었다. 그러다 장관직 제의를 받았다. 보수주의 안경을 벗어버린 후의 일이다.

이 일이 있기 이전에 대통령은 국회에 네 명의 후보에 대한 임명 동의를 요구했다.

그런데 넷 다 비리와 부정, 그리고 부패와 독직으로 점철되어 있는 인물이라는 사실이 언론을 통해 밝혀졌다.

당연히 야당의 반대는 심했고, 여당에서조차 안고 가기에 난감하다는 판단에 스스로 물러나도록 압력을 넣었다.

후임을 임명해야 하는데 마땅한 인물이 없었다. 그때 억울하게 예편했다는 평가를 받던 이 장관이 물망에 올랐다.

야당은 청문회 과정에서 부하들이 비리를 저지르는 것을 눈치채지 못했다는 것을 문제 삼았다.

당시의 이 장관은 변명 대신 과오를 순순히 인정하고 향후엔 보다 철저히 관리하겠다고 대답했다.

야당으로선 맥 빠지는 대답이었을 것이다.

어찌 되었든 얼마 지나지 않아 청문보고서가 채택되었고, 국방부장관에 임명되었다.

정권에선 자신들과 같은 코드를 가진 인사가 국방을 맡은 것으로 알고 있겠지만 이는 오인이다. 미안하게도 이 장관은 대통령과 세상을 보는 시선의 방향이 많이 달랐다.

특히 친일파를 보는 방향은 완전히 반대였다.

CHAPTER 04
송골매 출격

취임 후 공식 일정을 모두 소화해 낸 어느 날 이 장관은 1함대 사령부를 방문했다.

본인이 사령관으로 근무하던 부대이고 함대사령관 심홍수 소장과는 해사 선후배 관계이기 때문이다.

그날 밤, 사령관 관사에서 술자리가 있었다.

동해에서 잡아 올린 싱싱한 오징어와 가리비가 안주의 전부인 조촐한 자리였다.

얼큰하게 술이 오르자 이 장관은 대한민국 해군이 최강이 되길 꿈꾸지만 내부에 발전을 저해하는 요인이 많다는 고민을 털어놓았다. 부하들의 비리 때문에 본인이 강제 전역했으니 당연한 일이다.

이 장관은 적어도 1함대에서는 그런 일이 빚어지지 않도록 각별히 주의해 달라는 뜻을 전했다.

아끼는 후배가 자신처럼 어느 날 갑자기 강제 예편당하는 일이 일어나지 않기를 바란 것이다.

심 소장은 화제를 바꿔 장관이 된 이후 좋아진 게 무엇이 있느냐는 물음에 그런 건 없다고 대답했다.

오히려 스트레스가 심해 머리숱이 절반 이하로 줄었다며 휑한 머리를 보여주었다.

심 소장이 보기에 이 장관은 마음고생을 심하게 하고 있었다. 그냥 놔두면 병이 생길 것 같아 스트레스라도 경감시켜 주려는 배려 차원에서 현수와의 일화를 이야기했다.

물론 대외비임을 사전에 철저히 다짐받았다.

양만춘함을 비롯한 여러 함선이 현수에 의해 개조되었음을 들은 이 장관은 눈을 크게 떴다.

자신이 군문에 발을 들여놓은 이후 지금껏 바라던 최강의 해군이 이미 완성되어 있었기 때문이다.

그날 이후 이 장관이 가장 존경하는 인물은 충무공 이순신에서 이실리프 그룹 회장 김현수로 바뀌었다.

이순신은 최강 해군을 꿈꾸게 해준 인물이지만, 김현수는 그런 해군을 완성시켜 준 인물이기 때문이다.

물론 이 장관은 그날 들은 이야기를 어느 누구에게도 전하지 않았다. 다만 시시때때로 히죽거려서 남들이 오인하는 게 문제였다.

신임 장관이 미친 것 아니냐는 말이 나돈 것이다.

"그런데 해군만으로 되겠습니까?"

대통령 권한대행의 물음에 이 장관은 잠시 머뭇거리다 대답한다. 해군의 변신을 감춰야 한다고 느낀 때문이다.

"공군도 동원토록 하겠습니다."

"조금 전 행정자치부장관께서 전작권 문제를 거론했습니다. 그 문제에 대한 장관님의 의견은 무엇입니까?"

"일본이 우리 영해를 침범한 이상 자위권 발동은 당연한 일입니다. 일본과의 전면전이 아닌 우리 영해에서 적 함정을 격퇴하는 것은 전작권과 관련 없습니다."

국방장관의 답변에 다른 장관들은 눈빛을 빛낸다.

미국에 밉보이면 장관 자리에서 쫓겨날 수 있음을 알기에 보내는 눈빛이다.

"좋습니다. 이 시간 이후 전국에 비상계엄령을 선포합니다. 다들 주어진 임무에 따라 만전을 기해주시기 바랍니다."

"알겠습니다."

모든 장관이 대답하자 대통령 비서실장이 기다렸다는 듯

입을 연다.

"정순목 권한대행님, 이제 지하 벙커로 자리를 옮겨서 지휘하셔야 합니다."

"그러죠."

정순목을 비롯한 요인들이 자리를 비운 대통령 집무실은 다소 횅한 느낌이다.

*　　　*　　　*

현수는 이실리프 우주항공 격납고 안에 당도해 있다.

굵은 빗방울이 떨어지고 바람도 제법 세찬 날씨인지라 바깥을 보며 인상을 찌푸리고 있다.

탁, 탁, 탁, 탁―!

누군가 격납고 곁에 차를 세우고 열심히 뛰어온다. 그러다 현수 앞에 당도하자 절도 있게 경례한다.

"충성! 송광선 부장, 회장님의 호출을 받고 왔습니다."

"아! 송 소령님이시군요. 오랜만입니다. 예편하신 거죠?"

"네! 후배들에게 자리를 물려주고 이실리프 항공의 시험비행팀 부장으로 입사했습니다."

"그래요? 회장으로서 환영이 늦었습니다. 우리 회사로 와주셔서 감사합니다."

"에구, 별말씀을……. 오히려 제가 감사드립니다."

"예편한 걸 후회하진 않습니까?"

"후회요? 전혀 그렇지 않습니다. 오히려 너무나 만족스럽습니다. 저놈과 인연을 맺었으니까요."

송광선 소령은 현수의 뒤쪽에 얌전히 세워져 있는 송골매에 시선을 주고 있다.

현수에 의해 자신의 애기 F—15K가 개조된 이후 송광선 소령은 하루하루가 즐거웠다.

지구 최강의 전투기를 조종하니 어찌 안 그렇겠는가!

밥을 먹지 않아도 배가 고프지 않았고 잠을 자지 않아도 졸리지 않았다.

비행을 하지 않은 시간엔 나름대로 작전을 구상했다.

전처럼 편대비행을 할 필요가 없는 상황이 되었기에 아주 다양한 작전의 수립이 가능했다. 하여 해도 해도 질리지 않는 게임을 하듯 즐거운 마음으로 나날을 보냈다.

그러던 어느 날 한 통의 전화를 받았다.

이실리프 브레인의 이준섭 대표이다.

만나서 이야기하고 싶다는 말에 혼쾌히 허락하고 약속 장소로 나갔다. 이실리프 그룹의 총수가 김현수이기에 전격적으로 이루어진 일이다.

그 자리에서 이실리프 항공 비행팀으로의 이직을 제의받

았다. 당시 둘의 대화는 이랬다.

"이실리프 항공으로 자리를 옮기면 상당히 괜찮은 장난감을 가지실 수 있을 겁니다."

"장난감이요?"

"네, 그렇습니다. 회장님께서 그렇게 말씀드리면 아실 거라고 하셨습니다."

"김현수 회장님을 말씀하시는 거지요?"

"그렇습니다. 김 회장님께서 그리 전하라 하셨습니다."

"아! 그렇다면 말씀대로 자리를 옮겨야죠. 언제 예편하면 됩니까?"

송광선 소령은 승승장구하여 공군참모총장이 되는 것이 꿈이었다. 그런데 별다른 고심도 하지 않고 제의를 받자마자 고개를 끄덕였다.

자리를 옮기면 월급은 얼마나 받는지, 어떤 직급으로 입사를 하며 근무 여건은 어떤지에 대한 물음도 전혀 없었다.

가서 무슨 일을 하게 되는지도 알려 하지 않았다.

그저 '김현수'라는 이름 석 자와 '상당히 괜찮은 장난감'이라는 말이 인생의 행로를 단숨에 바꿔 버린 것이다.

이준섭 대표와 만난 다음 날 송 소령은 사표를 냈다.

당연히 11전투비행단 전원이 나서서 반대했지만 아무도 송 소령의 뜻을 꺾지 못했다.

절차에 따라 예편을 한 송광선 소령은 이실리프 항공에 당도한 직후 이 격납고에서 송골매 1호기를 만났다.

본인이 애기이던 F—15K보다 훨씬 덩치가 작은 놈이다.

길이는 절반 정도이고 폭은 4분의 3 정도이다. 높이도 상당히 낮아 정말 장난감인가 하는 생각을 하기도 했다.

그래도 뭔가 있을 것이라는 느낌이 아주 강하게 들어 송골매의 이모저모를 아주 자세히 살펴보았다.

이곳은 이실리프 우주항공이다. 그런데 이실리프라는 이름을 달고 있는 상품 가운데 평범한 것은 하나도 없다.

이실리프 어패럴의 항온의류, 이실리프 메디슨의 쉐리엔, 이실리프 모터스의 스피드, 이실리프 코스메틱의 듀 닥터와 아르센의 공주, 디오나니아의 눈물 등은 초일류 상품이다.

아울러 비교될 상품조차 없는 유일무이한 것들이다.

불법 복제의 원조 격인 지나에서도 짝퉁을 만들 재간이 없어 손을 놓은 상품들이다. 겉모습은 비슷하게 만들 수 있지만 품질이 떨어져 어떻게 해볼 수가 없기 때문이다.

따라서 뭔가 달라도 다를 것이라는 생각을 하고 정말 유심히 살펴보았다. 아무도 없기에 체면 생각지 않고 바닥에 누워서 살펴보기도 했다.

그렇게 번득이는 눈빛으로 송골매를 바라보던 송 소령의 시선에 아크릴 입간판 하나가 뜨였다. 격납고 입구 안쪽에 세워져 있어 들어올 때는 보지 못한 것이다.

천천히 다가가 보니 다음과 같은 표가 보인다. 가장 위에는 이렇게 쓰여 있다.

◆ 수직 이착륙 전폭기 송골매 제원 비교 ◆

"뭐야? 전폭기라고? 저건 아닐 거고. 뭐지?"

전폭기는 공중전과 폭격을 함께할 수 있는 비행기이다.

방금 전까지 본 건 전투기로는 쓸 수 있어도 폭격기는 아니다. 덩치가 작기 때문이다.

송 소령은 나직이 중얼거리고 표에 시선을 주었다.

구 분	F-22 랩터	송골매
승무원	1	1
기체 길이	18.90m	9.70m
날개폭	13.60m	9.70m
높이	5.10m	4.30m
무장 탑재 중량	27,216kg	1,000,000kg
최대 속도	마하 2.3	마하 4.0
전투 반경	1,270km	지구 전체
최고 고도	18,288m	무제한
무장 항속거리	3,218km	지구 전체
특수 기능	스텔스	무 흔적
레이더탐지거리	300km	4,000km

《특기사항》

① 수직 이착륙 시 반중력 엔진을 사용하여 전혀 열을 동반하지 않음.

② 특수 기능 무 흔적 → 완벽한 스텔스 기능뿐만 아니라 육안으로도 식별이 불가능함을 의미함.

③ 이륙 소음 및 비행 소음 → 30㏈ 이하임.

④ 현존하는 모든 추적 기능으로부터 자유로움.

⑤ 추락 방지 장치 → 유사시 고도 300m에서 멈추며 조종사의 조작에 따라 5m 단위로 하강 가능함.

"뭐야? 저게 이거라고? 세상에 맙소사!"

모든 내용을 읽은 송광선 소령은 저도 모르게 경악성을 터뜨렸다. 그리곤 송골매를 다시 바라보았다.

그런데 바로 이 순간 눈앞의 송골매가 스르르 사라진다. 눈을 비비고 다시 보았지만 격납고는 텅 비어 있다.

"뭐, 뭐야? 어, 어떻게⋯⋯?"

저도 모르게 한 발짝 떼려던 송 소령은 그 자리에 멈췄다. 아무것도 없던 곳에 다시금 송골매가 나타난 때문이다.

"헉! 이, 이건⋯⋯! 그럼 이게⋯⋯?"

육안으로 식별 불가능하다는 말이 무슨 뜻인지 와 닿지 않았는데 단번에 이해된다.

"세, 세상에 맙소사! 어떻게 이런 게……."

송 소령이 멍한 시선으로 송골매를 바라볼 때 격납고로 들어서는 인물이 있다.

"환영합니다, 송광선 부장님!"

"네? 누, 누구십니까?"

"아! 제 소개가 늦었습니다. 저는 이실리프 우주항공의 대표를 맡고 있는 추태호 사장입니다."

"아, 사장님! 반갑습니다."

송 소령은 얼른 경례를 하려다 고개를 숙인다.

몸에 밴 습관 때문이다. 그러거나 말거나 추태호 사장은 송골매를 자랑스러운 시선으로 바라본다.

"어떻습니까? 우리 송골매, 한번 몰아보시겠습니까?"

"네에? 이, 이걸 몰아보라고요?"

송 소령은 말까지 더듬는다.

"네, 회장님께서 송골매 1호기는 송광선 부장님이 맡아주면 좋겠다는 뜻을 전하서서 이준섭 이실리프 브레인 대표가 가신 겁니다."

"김, 김현수 회장님께서 직접이요?"

"그렇습니다. 송골매 1호기는 대한민국의 기술력으로 만든 최초이자 최고의 수직이착륙 전폭기입니다. 이걸 맡으시면 송 부장님은 역사책에 기록될지도 모릅니다. 하하하!"

추태호 대표의 말에 송 소령은 넋을 잃은 표정을 짓는다.

"그럼 장난감이라 한 게 이겁니까?"

"네, 장난감치곤 좀 비싸죠. 회장님께서 개조하신 F—15K 를 타보셨으니 몇 가지만 더 말씀드리죠. 송골매는……."

추태호 사장의 설명이 이어지는 동안 송 소령은 애인 다루 듯 송골매를 쓰다듬는다.

잠시 후, 격납고 바깥으로 나간 송골매는 제자리에서 그대 로 솟구쳐 오른다.

수직 이착륙 비행은 처음이지만 수직 이륙은 그리 어려운 일이 아니다. 고도 조절 레버를 조작하면 반중력 마법에 의해 그대로 솟구치는 방식이기 때문이다.

그러는 동안 엔진이 가동되었고, 일정 고도 이상이 되자 충 분한 추력을 낼 수 있다는 램프가 깜박인다.

조종간을 조절하자 그 즉시 쏘아져 나가기 시작한다.

이 세상의 어떤 레이더로도 식별이 불가능한데다 소음이 거의 발생치 않으므로 남의 눈치를 볼 일은 없다.

딱 하나 문제가 되는 것은 초음속을 돌파할 때 나는 소닉 붐(Sonic boom)이다. 이날 이후 경상남도 사천시 인근에선 정 체 모를 굉음에 대한 신고가 잦았다.

상당히 큰 폭발음이라 무장공비가 출현한 것은 아닌가 하 는 추측이 있었으나 그러기엔 너무나 남쪽이라 배제되었다.

이실리프 항공이 의심을 받았으나 부인했다. 알려져서 좋을 일이 없기 때문이다.

경찰은 의심의 눈초리를 거두지 않았으나 더 이상의 접근은 없었다. 방위산업체를 상대로 군사기밀을 탐할 만큼 간 큰 경찰은 없었던 것이다.

송광선 부장의 임무는 송골매가 가진 문제점 파악 및 성능을 최대한으로 끌어 올릴 사용법 숙지였다.

물론 본연의 임무를 훌륭히 완수했다.

예전 동료들에게 말해주고 싶어 입이 근질근질한 것만 빼면 모든 것이 만족스럽다.

급여는 이전의 세 배였고, 사천 시가지에 위치한 100평짜리 단독주택을 무상으로 제공받았다. 그리고 이실리프 모터스에서 생산한 1,500cc급 승용차도 두 대나 제공받았다.

또한 하나뿐인 아들과 아내는 물론 본인까지도 경호원의 보호를 받는 중이다.

아무튼 차례차례 송골매가 만들어졌고, 후임 조종사들이 올 때마다 교육을 담당했다. 그들 역시 송 부장처럼 대경실색하곤 하여 그런 모습을 즐기는 악취미가 생기기도 했다.

어쨌거나 남부러울 것 하나 없는 삶이 이어졌다.

오늘도 아내와 저녁 산책을 즐겼다.

공군에 있을 때보다 수입이 훨씬 많아졌고, 여가시간도 많아 부부 사이가 훨씬 더 좋아져 행복함을 느낀 저녁이었다.

귀가 후 좋아하는 요리 프로그램을 보고 뜨거운 잠자리를 가졌다. 그런데 새벽에 전화가 걸려왔다.

한밤중이지만 송골매가 있는 격납고로 와달라는 현수의 전화였다. 그 즉시 튀어나와 이곳에 당도한 것이다.

왜 한밤중에 불러내느냐는 질문 따윈 없었다.

"정말 오랜만입니다, 회장님!"

"네, 주무시는데 나오라 해서 미안합니다."

"아, 아닙니다. 언제든 부르시면 나와야죠. 한데 무슨 일 있으십니까?"

"네, 이 시각 현재 일본 함정들이 독도 해역을 침범하여 우리 초계함에 대고 함포사격을 가하고 있습니다."

말을 마치고 들고 있던 노트북을 펼쳐서 보여주었다.

시시각각 속보가 계속해서 올라오고 있어 상당히 많은 기사가 쌓여 있다.

"…이, 이게 진짜입니까?"

"네, 현 상황입니다. 가서 놈들의 위에 있다 예전 동료들을 도와주십시오. 그런데 가급적이면 송골매의 존재가 드러나지 않는 범위였으면 좋겠습니다."

어찌 무슨 뜻인지 모르겠는가!

"네, 알겠습니다. 즉시 출동하죠."

송 부장은 격납고 한쪽에 마련된 탈의실로 들어가 비행복으로 갈아입고 나왔다. 그리곤 곧바로 송골매에 올랐다.

버튼을 누르자 무 소음 전기모터가 작동되면서 천천히 전진한다. 송골매의 육상 이동은 전기모터가 담당하는데 자동차의 오토트랜스 미션을 응용하여 전진 및 후진이 가능하다.

전진하는 사이에 격납고의 문이 활짝 열린다. 전투기 내에서 버튼만 조작하면 열리도록 되어 있다.

송골매가 격납고 바깥 이륙 지점에 당도하자 송광선 부장은 경례를 올려붙인다.

"회장님, 송골매 1호기, 첫 번째 임무를 수행하러 출격합니다. 필승!"

"네, 수고해 주십시오. 별도의 통신은 하지 않겠습니다. 스스로 상황을 파악하여 대응하십시오."

"네, 그럼 다녀오겠습니다."

캐노피가 내려옴과 동시에 송골매가 떠오른다.

놀이동산에 가면 자이로 드롭(Gyro Drop)이 있다. 높은 곳에 있다가 그대로 떨어지는 놀이기구이다.

송골매의 이륙 모습은 그것과 반대로 금방 까마득한 높이까지 솟아오른다. 전투기 내부에 자동 압력 조절 장치가 있어 조종사는 기압의 차이를 느끼지 못할 것이다.

비행 고도에 도달하자 송골매의 형상이 사라진다. 퍼펙트

트랜스페어런시 마법진이 구현된 때문이다.

잠시 후 소닉붐이 들려온다. 초음속을 돌파한 것이다.

콰아아앙—!

*   *   *

같은 시각, 일본 해군 3함대 기함 이즈모함의 함교에선 나카가와 오이지로 해장보가 부하들과 대화를 나누고 있다.

이즈모함은 일본 해군의 최대 규모 호위함이다. 2015년 3월 25일에 취역한 바 있다.

그런데 지나가 스텔스 기능을 갖춘 차세대 주력 전투기들을 배치함에 따라 이번 작전이 끝나는 대로 항공모함으로 개조할 예정이다.

"칙쇼! 그깟 초계함 하나 처리하지 못하다니!"

"악천후인데다 놈들이 독도를 끼고돌아 그렇습니다."

"그래도 그렇지, 우리 대일본 해군이 함포를 스무 발이나 발사하고도 침몰시키지 못 한다는 게 말이 되나?"

"그, 그건……."

분노한 나카가와 오이지로 해장보의 얼굴을 본 부관은 한 발짝 물러선다. 굳이 편들어주다 욕먹을 일 없기 때문이다.

분노에 대한 반응이 없자 해장보는 화제를 돌린다.

"현재 조센징의 해군 함정들은 어디에 있나?"

해장보의 물음에 부관이 전탐관에게 시선을 주자 기다렸다는 듯 입을 연다.

"아직 자신들의 영해에 머물고 있습니다."

"영해에? 움직임은?"

"네, 영해에 있고 별다른 움직임은 없습니다."

"바보 같은 놈들이군. 주시하고 있도록!"

"하이!"

해장보는 통신병을 바라본다.

"상부에서 연락 온 것은 없나?"

"네, 아직 없습니다."

첫 임무인 독도 해역은 벌써 장악했다.

계획된 후속 임무는 울릉도 해역도 장악함과 동시에 한국 1함대 소속 함선들과 교전하여 모조리 침몰시키는 것이다.

처음 이 작전이 입안되었을 때 나카가와 오이지로 해장보를 비롯한 관계자들은 자신만만했다. 한국 1함대를 상대하는 건 식은 죽 먹기보다 쉽다 생각한 때문이다.

1함대 사령관 심홍수 소장을 비롯한 휘하 장교들에 대한 파악은 일찌감치 끝났다.

이는 일본이 파견한 스파이에 의한 정보가 아니다.

한국 내에서 일본을 동경하는 자들 스스로 파악하고 알아서 보고한 내용이다. 주로 정치인과 언론인이다.

자신들이 먼저 함포사격이나 하픈을 발사해도 한국 해군은 대응하지 않을 것이다. 아니, 못한다.

한국 해군은 전시작전권도 없을뿐더러 자신들을 상대로 사격을 가할 경우 전함 침몰이라는 혹독한 대가를 치러야 함을 알기 때문이다.

게다가 한국의 최고위층과 사전 교감이 있어 대응 사격을 하라는 명령도 내리지 않을 것이다.

이제 곧 날이 밝을 것이다. 그럼 상륙작전이 시작된다.

상륙을 위한 수직 이착륙 수송기 'V—22 오스프리'가 여섯 대나 함재되어 있으며 해병대원들이 대기 중이다. 이 정도면 한 번에 144~192명의 무장 병력을 수송할 수 있다.

독도엔 해경에서 파견한 경비대가 있는데 40명이 안 된다. 따라서 압도적인 병력으로 밀어붙여 모두 제거하는 것은 손쉬운 일이다.

그런데 해경은 군인이 아니다.

따라서 이번 독도 점거는 민간인을 살해하고 상륙하는 것이 되므로 UN의 질타 내지는 제지가 있을 것이다.

정부에선 그러거나 말거나 독도를 점령하는 것이 우선이라는 판단을 내렸다.

여기엔 여러 목적이 있기 때문이다.

첫째, 독도 인근 해저에 있는 약 6억 톤으로 추정되는 메탄 하이드레이트(Methane hydrate)가 확보된다.

둘째, 풍부한 어족자원이 확보된다.

셋째, 나날이 피폐해지는 경제 때문에 시름에 잠긴 국민들의 시선을 호도[6]할 수 있다.

독도를 먹은 후엔 상황을 봐서 울릉도도 도모하기로 하였다. 한국의 고위층은 이것까지는 알지 못할 것이다.

울릉도까지 삼키려는 건 나날이 가라앉는 본토 대신 조금씩 솟아오르고 있는 강원대지와 울릉대지를 차지하기 위한 교두보가 될 것이기 때문이다.

울릉도를 차지하고 있으면 새로 생겨난 육지에 대한 소유권 주장이 타당해진다.

더 나아가 한국의 동해안을 먹는 것도 고려되었지만 이는 국제적 비난을 고려하여 당분간 유예하기로 했다.

나카가와 오이지로 해장보가 잠시 입을 닫고 있자 침묵이 흐른다. 하지만 그 시간은 그리 길지 않았다.

"함장님, F—15K가 대구 K—2기지로부터 떴습니다."

"그래? 몇 기나 떴나?

"현재까진 36기, 아니, 40기가 떴습니다."

"알았다. 주시하도록!"

---

6) 호도(糊塗) : 명확하게 결말을 내지 않고 일시적으로 감추거나 흐지부지 덮어버림을 비유적으로 이르는 말.

"하이!"

이즈모함에서 알고 있다면 비장의 무기인 F—35A도 활주로를 박찼다는 뜻이다.

지난 2015년 4월, 아베 신조는 미국을 방문했다.

그때 오바마는 아베를 환대하며 '아시아 재균형 정책의 중심은 일본'이고, '한국은 그저 오래된 친구'라고 했다.

미일 관계가 한미 관계보다 우위에 있음을 대내외에 분명히 천명한 것이다.

곧이어 미일 방위협력지침이 개정되면서 일본은 패전국이 아닌 보통 국가로 격상되었다.

기다렸다는 듯 자위대는 군대로 바뀌었다.

그리고 환태평양 경제동반자 협정[TPP]으로 미일 양국은 안보·경제 모두에서 확실한 동맹관계를 구축했다.

이 일에 배후엔 미국과 일본의 금괴 도난 사건 등이 있다.

양국은 이를 채워 넣기 위해 엄청난 액수의 달러와 엔화를 찍어냈다.

여기까지는 미국과 일본 모두에게 좋은 일이었다.

달러와 엔화의 가치 하락은 수출 경쟁력을 높이기 때문이다. 그러면서도 자국의 자금 유출은 막아야 했다.

그래서 미국 입장에선 자국이 발행하는 국채를 사주는 일본이 고맙다. 이미 일본이 보유하고 있던 막대한 액수의 미국 국채를 현수가 휴지 조각으로 변한 건 모르는 일이다.

하여 자위대가 군대로 격상되도록 놔둔 것이다.

아무튼 사람들은 일련의 사태를 110년 전에 미일 간에 있던 카쓰라―태프트 밀약[7])의 재판이라는 평가를 내렸다.

2015년 8월, 오바마는 원폭 피해지인 일본 히로시마(廣島)를 방문하였다. 주구장창 과거사 문제를 주장해 온 한국으로 하여금 외교적 고립에 처하게 한 방문이다.

어쨌거나 자위대는 군대로 격상되었고, 일본은 80대의 F―35A를 사들였다. 배치된 것을 보면 40대는 한국을 겨냥한 것이며, 나머지 40대는 지나를 견제하는 것이다.

---

7) 카쓰라―태프트 밀약(Taft―Katsura Secret Agreement) : 러일전쟁 직후 미국의 필리핀에 대한 지배권과 일본제국의 대한제국에 대한 지배권을 상호 승인하는 문제를 놓고 1905년 7월 29일 당시 미국 육군 장관 윌리엄 '하워드 태프트'와 일본제국 내각총리대신 '카쓰라 다로'가 도쿄에서 회담한 내용을 담고 있는 대화 기록.

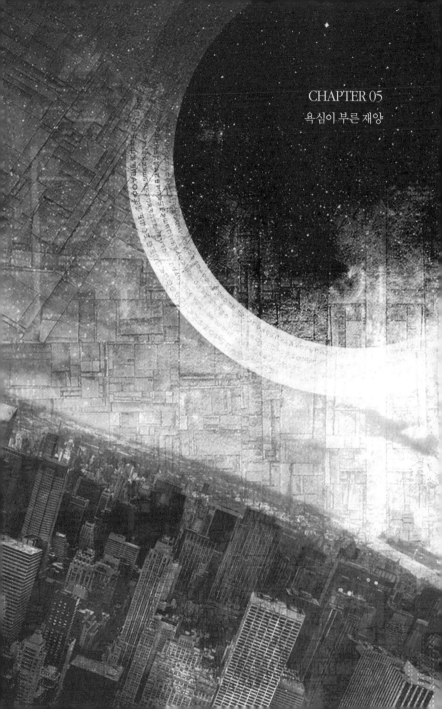

CHAPTER 05
욕심이 부른 재앙

해장보의 예상대로 오키섬에 새롭게 조성된 공군기지에서는 40대의 F—35A가 출격했다.

오키섬에서 독도까지는 158㎞이다. 대구 K—2기지에서는 330㎞나 떨어져 있다. 그렇기에 느긋하게 있다가 한국 공군이 출격하자 대응 출격한 것이다.

"멍청한 놈들. 그깟 F—15K로……. 흐흐흐!"

나카가와 오이지로 해장보를 비롯한 장교들 모두 입가에 미소를 머금고 있다.

F—15K는 독도 상공에 30분 이상 머무를 수 없다. 그리고

스텔스기도 아니다. F―35A를 상대하기엔 역부족이다.

이런 사실을 너무도 잘 알고 있기에 비릿한 웃음을 짓는 것이다. F―15K가 오기는 잘 오겠지만 도착 즉시 바닷속으로 떨어질 것을 상상하고 있다.

"자, 우리도 준비해야지. 우리의 목표는 1함대 함선 전부를 수장시키는 것이다. 모두 전투 위치로!"

"전원 전투 위치로!"

해장보의 명령이 떨어지자 나름 일사불란하게 제자리를 찾아간다. 그렇게 잠시의 시간이 흘렀다.

약 5분 후 나카가와 오이지로 해장보가 다시 입을 연다.

"한국 1함대 함선들의 위치는?"

"모두 움직임이 없습니다."

"그래? 하긴 그래야 조금이라도 더 살지."

"함장님, 상부에서 연락이 왔습니다."

"그래?"

나카가와 오이지로는 불빛이 반짝이는 버튼을 누른 뒤 수화기를 들었다.

"네, 나카가와 오이지로 해장보입니다. 네, 네! 네, 네! 알겠습니다. 네, 네!"

통화를 마친 나카가와 오이지로는 부관을 바라본다.

"광명함에 미사일 발사 준비!"

"네, 미사일 발사 준비합니다."

부관의 복창을 들은 미사일 담당은 콘솔을 두드려 독도 주위를 뱅글뱅글 돌고 있는 광명함을 1표적으로 지정한다.

"발사 준비 완료되었습니다."

"좋아! 발사!"

"네, 발사합니다."

푸슈우우우웅—!

광명함을 타깃으로 한 미사일 한 발이 발사대를 박차고 솟아오른다.

같은 시각, 광명함 함장 김학선 중령은 미사일이 발사되었음을 보고받았다.

"전속력으로 항진하라!"

"네, 전속력으로 항진합니다."

"전원 전투 배치!"

"전원 전투 배치! 전투 배치! 전투 배치! 전투 배치!"

잠시 장병들의 뛰어다니는 소리가 요란하다.

일본 3함대 소속 구축함이 쏜 함포가 모조리 빗겨 나간 것은 아니다. 요리조리 피한다고 피했지만 세 발이나 맞았다.

다행히 인명 손실은 없지만 미사일 발사 장치의 전원이 나가 버렸다. 포격에 어딘가 망가진 듯하다. 함미 쪽 함포도 무

용지물이 되었고, 레이더에도 이상이 있다.

아직 엔진은 문제없지만 이 상태라면 상대의 펀치력을 이겨낼 수 없다. 그런데 상대가 미사일을 쏘았다고 한다.

즉각 훈련받은 대로 총원 전투 배치를 했다.

김학선 중령은 문득 심홍수 사령관의 말을 떠올렸다. 배는 잃어도 괜찮지만 장병들은 잃지 않도록 하라고 했다.

"끄응!"

하고 싶은 대로 하라면 곧바로 함포사격 등 모든 수단을 강구하고 싶다. 그런데 일체의 대응도 하지 말라는 명을 받아 이러지도 저러지도 못하는 상황이다.

"제기랄! 부관, 전원 퇴함하라!"

"네? 뭐라고요?"

요란한 경고음이 터져 나오는 중이라 제대로 못 들었다는 표정이다.

"전원 퇴함을 명령했다! 즉각 퇴함하라!"

"퇴, 퇴함이라니요? 함포 한 발도 안 쏘고……."

"명령이다! 지금 즉시 전 병력 퇴함하라!"

"아, 알겠습니다. 전 병력 퇴함합니다."

김 중령의 명령은 즉각 전파되었다. 전투 배치되어 있던 병력은 훈련받은 대로 일사불란하게 퇴함을 시작했다.

함교 창밖을 바라보고 있는 김학선 중령은 입술을 깨물고 있다. 변변한 방어 한 번 못해보는 것이 못내 아쉬운 것이다. 하여 다시 한 번 사령부와의 연결을 지시하려다 만다.

어떤 상황인지 보고했으니 대응 사격을 허가한다는 명령이 떨어졌다면 벌써 떨어졌을 것이라는 걸 알기 때문이다.

"어떤 개자식이……!"

본능적으로 누군가의 농간이 개입되어 있다 생각한 김 중령은 거칠게 발길질을 했다.

콰앙―!

작용반작용의 원리에 의해 발이 아팠지만 입술을 꾹 다물었다.

"함장님, 전원 퇴함했습니다. 제가 모시겠습니다."

"아니다. 먼저 가라. 나는 광명함과 운명을 함께하겠다."

"함장님……!"

"명령이다! 귀관은 즉시 퇴함하라!"

"…알겠습니다! 퇴함합니다, 함장님! 다시 또 뵙기를……. 충성! 함장님과 함께해서 좋았습니다."

"개소린 그만하고 어서 퇴함해! 미사일이 어디에 맞을지 모른다!"

"네, 알겠습니다!"

부관이 함교 밖으로 나가고 얼마 지나지 않았을 때 하픈 한 발이 광명함의 옆구리 깊숙한 곳을 파고든다.

그리곤 품고 있던 모든 에너지를 일순간에 풀어낸다.

쿠와아아아아아아앙—!

쩌어어억—!

단 한 방에 광명함은 두 동강으로 나뉜다. 그리고 얼마 지나지 않아 검푸른 바다 속으로 빠져든다.

대한민국의 PCC 포항급 함정 하나가 또 역사 속으로 사라진 것이다.

같은 순간, 레이더를 보고 있던 김상우 대령의 입에서 나직한 침음이 나오고 있다.

"이런 제기랄."

조금 전까지 아직 살이 있다는 뜻으로 존재감을 드러내던 불빛 하나가 사라진 때문이다.

"통신병, 사령부와 연결해!"

"함장님, 그럼 스텔스가 풀립니다. 적의 공격에 노출될 수 있습니다."

"그래도 연결해! 전속력 항진!"

"네! 전속력으로 항진하며 사령부와 연결합니다!"

부관이 복창하자 양만춘함의 속력이 점점 빨라진다.

같은 순간, 일본 3함대 소속 이즈모과 아타고, 그리고 묘코함 등이 소란스러워진다.

지금껏 울릉도 뒤쪽에 있는 것으로 추정되는 양만춘함이 동쪽으로 항진을 시작한 때문이다.

이 중 이지스 구축함 묘코의 함장이 고함을 지른다.

"모리, 타깃팅되었나?"

"네, 함장님! 타깃팅이… 어라? 이상합니다."

"뭐가?"

"레이더 고장인 듯합니다. 양만춘함이 레이더에서 사라졌습니다."

"뭐야? 하필이면 이때……. 빨리 확인해!"

"네, 함장님!"

이런 대화는 묘코에서만 있던 것은 아니다 일본 3함대 소속 여덟 척의 함정 모두가 똑같은 반응을 보이고 있다.

양만춘함이 사령부와의 통신을 끝냄과 동시에 스텔스 기능을 가동시킨 때문이다.

"조금 전 위치는 확인되었나?"

"네!"

"그렇다면 즉각 양만춘함의 항진 방향과 속도를 감안한 함포사격을 실시하라!"

"네! 함포사격 실시합니다!"

묘코함 함장의 지시에 따라 함포가 불을 뿜는다. 양만춘함이 있을 만한 곳을 겨냥한 것이다.

그러자 다른 함정들 역시 함포사격을 실시한다.

콰앙! 콰앙! 콰콰콰콰콰콰쾅!

순식간에 수십 발의 함포가 발사되었다. 그러나 이는 아무 소용 없는 일이다.

이들은 양만춘함이 향하던 방향과 속력을 감안한 사격을 실시하였다.

양만춘함의 최고 속력은 30노트인 것으로 발표되어 있다. 그런데 지금 시속 42노트로 항진 중이다. 당연히 일본 해군이 쏜 포탄을 아무것도 없는 바다 속으로 빠져들 뿐이다.

독도와 울릉도 사이의 거리는 87.4km이다.

1노트는 1,852km/h에 해당된다. 양만춘함은 시속 42노트로 항진 중이다. 77.784km/h로 수면 위를 쏘아져 가는 중이다.

양만춘함 함장 김상우 대령은 점점 가까워지는 일본 3함대 함정들을 보고 있다.

"하픈 발사 준비!"

"네, 하픈 발사 준비합니다!"

하픈은 보잉 IDS에서 생산하는 크루즈 미사일이다.

사거리는 110km, 속도는 850km/h이다.

현수는 이것을 손봐주었다.

우선 상대의 기만에 속지 않도록 킨 아이 마법진을 부착시켰다. 그 결과 명중률이 대폭 상승되었다.

그리고 음파와 전파 흡수 마법진을 사용하여 스텔스 미사일로 변모시켰다. 게다가 헤이스트와 그리스 마법 역시 적용되어 훨씬 빠른 속도로 쏘아져 간다.

그 결과 사거리는 150㎞, 속도는 920㎞/h로 향상되었다.

"1번 목표 아타고! 2번 목표 묘코! 3번 목표 이즈모! 4번 목표……!"

김상우 대령은 여덟 척의 적 함정의 명칭을 차례대로 읊었다.

아타고와 묘코는 이지스 구축함이고, 이즈모는 일본 최대 전함이다.

미사일 발사를 담당하는 장교가 그대로 복창하자 콘솔을 두드리는 소리가 요란해진다. 잠시 후 보고가 들어온다.

"타깃팅 완료했습니다, 함장님!"

"잠시 대기!"

"네, 잠시 발사 대기합니다."

함교가 조용해진다. 언제라도 명령이 떨어지면 발사 버튼을 눌러야 하기에 잔뜩 긴장된 표정이다.

지금껏 훈련만 해왔을 뿐 실전은 처음이다. 자신이 버튼을 누르면 미사일이 발사되니 긴장하는 것이 당연하다.

같은 시각 김상우 대령은 계속해서 시계를 힐끔거린다.

'빌어먹을! 왜 연락이 없지?'

전시 상황을 대비한 매뉴얼은 이미 만들어져 있다.

7분 30초 간격으로 스텔스 기능을 10초간 켜서 통신을 주고받기로 한 것이다.

다분히 적의 레이더를 생각한 조치이다.

김상우 대령은 손목시계에 시선을 주었다. 사령부로부터 연락이 올 시각까지 얼마나 남았는지를 확인하려는 것이다.

'아직도 2분 13초나 남았군.'

같은 시각, 대구 K—2기지를 떠난 F—15K들은 독도를 향해 쏜살보다도 빠르게 다가오는 중이다.

이것들의 아래엔 하얀색 미사일이 두 기씩 달려 있다.

'AGM—84L 하픈 블록Ⅱ' 공대함 미사일이다.

사정거리 205㎞인 이것은 내장된 레이더를 통해 표적을 획득하고 돌입하는 능동 레이더 유도 방식이다.

약 200㎏짜리 탄두는 구축함을 단 한 발로 무력화시킬 수 있는 화력을 품고 있다.

발사되면 고도를 낮춰 해수면에 붙어서 비행하다가 적함을 공격하는 최종 단계에서 갑자기 상승한 뒤 내리꽂히는 팝업 기동이 가능하다.

이외에도 탄두 부분만 하얗게 칠한 'AIM—120 암람' 중거리 공대공 미사일도 두 기씩 달려 있다.

사거리 60㎞대의 능동 레이더 유도 방식인 이것은 자체 레이더가 있어 발사한 전투기가 미사일을 유도하지 않아도 되는 똑똑한 놈이다.

'AIM-9X 슈퍼 사이드와인더' 단거리 공대공 미사일도 두 기씩 달려 있다. 추력편향노즐을 채용하여 기존의 AIM-9 시리즈와는 차원이 다른 고기동성과 명중률을 지녔다.

사정거리 22㎞짜리인 이것은 초점멸 적외선 영상 탐지기를 장착하여 대단히 높은 추적 능력과 명중률을 가졌다.

하픈과 암람, 그리고 슈퍼 사인드와인더 중 일부는 현수의 손길을 거친 것들이다.

60기의 F-15K 중 16기만 해당되는데 미사일이 장착된 상태로 성남공항으로 온 결과이다.

이것들은 음파와 전파 흡수 마법진이 그려져 있어 스텔스이며, 오토 붐 마법진이 그려져 있어 불발일 경우 자폭하도록 되어 있다.

시간이 되어 통신을 개방하자 곧바로 명령이 떨어진다.

"사령관이다! 양만춘함의 무제한 공격을 허가한다! 이상!"

"네, 알겠습니다!"

10초짜리 통신이 끝난 순간 김상우 대령의 눈빛이 번뜩인다. 성난 이리가 여우 사냥을 시작하려 할 때의 눈빛이다.

"발사 준비된 미사일 전부 발사!"

"네, 미사일 발사합니다! 미사일 발사!"

부관은 함장의 명령을 복창하곤 곧바로 명령을 하달시킨다. 미사일 발사 담당은 명령이 떨어지자마자 지체 없이 버튼을 누른다.

쐐에에에에엑―!

슈아아아아아아앙―!

고오오오오오―!

세 발의 미사일이 순차적으로 발사대를 박차고 나간다.

삽시간에 선상이 희뿌연 연기에 휩싸였지만 강한 해풍에 금방 흩어진다.

"미사일 추가 발사 준비하라!"

"네, 미사일 추가 발사 준비합니다!"

같은 시각, 오키섬을 떠나 독도로 향하던 F―35A 40기의 조종사들은 사냥감을 찾아 레이더를 살펴보고 있다.

대구로부터 오는 F―15K 40기가 주목표이고, 한국 1함대 소속 함정들은 눈에 뜨이는 족족 파괴 대상이다.

"앗! 미사일이 발사되었다!"

누군가의 당혹성에 모두가 레이더를 다시 본다.

세 발의 미사일이 일본 해군 3함대가 있는 곳으로 쏘아져 간다. 한국군이 발사했다는 뜻이다. 그런데 아무리 자세히 살펴봐도 적 함정은 없다.

이때 양만춘함에선 추가로 세 발의 하픈을 발사하였다.

"아앗! 또 미사일이 발사되었습니다! 그런데……."

하픈은 수상함정·항공기·잠수함 등 어떤 것에도 탑재가 가능한 무기이다.

그런데 발사 주체가 레이더에 잡히지 않는다.

하픈은 어디서 발사하느냐에 따라 크기가 약간씩 다른데 대체적으로 지름 34㎝, 무게 530㎏ 정도이다. 사람이 손으로 들고 다닐 수 없는 것이다.

섬도 없는 바다 한복판에서 하픈이 발사되었다. 그런데 아무것도 레이더에 잡히지 않는다.

"바보! 잠수함이다! 찾아라! 아울러 상부에 보고하라!"

"하이! 상부에 보고합니다!"

한국의 잠수함 운용 능력은 단연 세계 최고 수준이다. 림팩 훈련에서 여러 번 아주 확실하게 증명해 냈다.

이번 작전에 앞서 일본 해군은 한국 잠수함을 잡기 위해 보잉에서 만든 P—8A 포세이돈을 대기시켰다.

포세이돈은 P—3C 오라이온을 대체하는 신형 대잠 초계기이며 최초의 터보팬 항공기이다.

미군도 2012년에야 가질 수 있던 신형이다.

오바마가 일본을 방문했을 때 아베와 밀담을 나누었다.

그 결과 일본은 미국을 제외한 첫 번째 포세이돈 보유국이 되었다.

오키섬에 대기하고 있던 포세이돈 두 기가 급파되는 그 순간 마이즈루 기지에서 P—1 4기가 떴다.

미쓰비시에서 만든 P—1은 포세이돈보다 우수한 성능을 가진 것으로 평가되는데 첨단기술이 집약된 대잠초계기이다.

게다가 대함, 대지 미사일을 탑재할 수 있어 폭격기에 필적하는 능력을 가졌는데 지나 해군을 상대하기 위해 제작한 것으로 소문이 나 있다.

그런데 이런 것들을 마이즈루에 배치했다 함은 한국 해군의 잠수함 또한 계산에 있었음을 반증하는 일이다.

어쨌거나 한국 잠수함을 잡기 위해 포세이돈과 P—1이 부지런히 다가오는 동안 서쪽을 향해 편대비행을 하던 F—35A의 레이더에 뭔가가 다가오는 것이 감지되었다.

"앗! 편대장님, 미사일이 발사되었습니다! 11시 방향에서 접근 중입니다!"

"당황하지 마라. 우릴 겨냥한 것이 아니다. 우리 F—35A는 스텔스기이다."

"압니다. 근데 곧장 우리 쪽으로 다가옵니다."

"무시해라. F—15K는 결코 우릴 감지해 낼 수 없다."

편대장의 말이 떨어지자 모두들 입을 다물었는지 조용하

다. 하지만 레이더에서 시선을 뗀 것은 아니다.

"편대장님, 우리가 표적인 것 같습니다. 락온되었습니다."

"웃기는 소리! 한국엔 스텔스기를 잡아낼 레이더가 없다!"

편대장의 고집스런 음성을 들은 파일럿들은 고개를 갸웃거린다. 틀린 말이 아니라는 걸 알기 때문이다. 그렇게 잠시의 시간이 흘렀다.

"편대장님, 우리가 표적 맞습니다! 아얏! 플레어!"

F—35A 중 하나가 화려한 불꽃을 뿜어내며 회피 기동에 들어간다.

"으앗! 채, 채프8)!"

알루미늄박들이 사출됨과 동시에 또 하나의 F—35A가 고각으로 비행 방향을 바꾼다.

바로 이 순간 엄청난 폭음이 터져 나온다.

콰아앙! 콰아앙—!

두 대의 F—35A가 시뻘건 화염 속에서 산산이 부서진다.

현수 덕에 스텔스 미사일이 된 AIM—120 암람 두 발이 만들어낸 결과이다.

"아얏! 이, 이게 뭐야? 모, 모두 산개하라! 산개하라!"

F—35A는 F—22 랩터보다는 못하지만 이에 필적하는 스텔스 기능에 EO—DAS, AESA레이더 같은 첨단 항전 장비와 아

---

8) 채프(Chaff) : 상대편의 레이더 탐지를 방해하기 위하여 공중에 뿌리는, 알루미늄 따위로 된 금속박.

주 진보된 플라이 바이 와이어 시스템을 갖추고 있어서 기동성도 뛰어나다.

한국이 보유한 어떠한 레이더로도 결코 잡을 수 없다.

물론 아주 가까이 다가가면 식별이 가능하지만 그러기 전에 F—15K가 먼저 추락할 것이다.

그런데 방금 두 대의 F—35A가 격추되었다. F—15K가 발사한 암람 아니면 사이드와인더에 의한 일이다.

그런데 적이 레이더에 잡히지 않는다.

"아앗! 채프! 플레어!"

"으아아! 아아아!"

콰아앙! 콰아아앙!

또 두 대의 F—35A가 화염에 휩싸인다.

지휘를 맡은 제1편대장의 안색이 창백하다.

두리번거리며 적기를 찾았지만 보일 리가 없다. 그러기엔 너무나 먼 거리에 있어서일 것이다.

이 순간 여덟 대의 F—15K에서 공대함 하픈 미사일이 발사되었다.

쐐에에에에엑—!

슈아아아아아앙—!

고오오오오오—!

여덟 중 여섯은 현수 덕분에 스텔스 기능을 갖게 된 것이다. 그렇기에 F—35A나 아타고, 묘코 등에선 두 발의 하픈만 이 식별되고 있다.

다음 순간, F—15K에 달려 있던 암람 및 사이드와인더가 차례로 쏘아져 나간다. 그 수효는 정확히 36발이다.

"아앗! 락온되었습니다! 회피기동 들어갑니다!"

"빌어먹을! 저도 락온되었습니다. 채프! 플레어!"

사방에서 조종사들의 고함이 터져 나온다. 사방에서 쏘아 져 오는 미사일 때문이다.

그런데 상대가 레이더에 잡히지 않는다.

암람은 사거리가 60㎞이고, 사이드와인더는 22㎞이다.

이런 미사일이 날아온다 함은 이 거리 안에 적기가 있는데 레이더에 잡히지 않는다면 상대도 스텔스기라는 뜻이다.

그런데 이상하다. F—35A도 스텔스기인데 저쪽에선 식별 이 되는 모양이다. 말도 안 되는 이야기이다.

"뭐야, 이건? 아앗! 플레어! 채프!"

제1편대장 역시 애기가 락온되자 황급히 기수를 튼다. 미 사일 기만을 시도했으나 불행히도 먹히지 않았다.

"채프! 플레어!"

알루미늄박이 허공에 비산하고 화려한 불꽃이 쏟아져 나간다.

그와 동시에 회피 기동에 들어갔지만 미사일은 뒤에서만

쫓아오는 것이 아니다.

기수를 틀고 고각으로 솟구치려는 순간 위에서 내리꽂히는 미사일 하나가 보인다. 레이더를 보았지만 잡혀 있지 않다. 스텔스 미사일인 것이다.

"아앗!"

콰아아아앙—!

제1편대장의 애기가 산화함과 동시에 오키섬으로부터 날아온 F—35A들이 우수수 떨어지기 시작한다.

전후좌우는 물론이고 위에서도 미사일이 쏘아져 오는데 어찌 채프와 플레어만으로 무사할 수 있겠는가!

"흐음! 여긴 대충 정리가 되겠군."

K—2기지에서 날아온 F—15K만으로도 충분하다 생각한 송광선 부장은 독도를 향해 일직선으로 다가오는 여섯 대의 비행 물체 쪽으로 시선을 돌렸다.

보잉에서 만든 대잠초계기 P—8A 포세이돈 두 기와 미쓰비시에서 만든 P—1 네 기이다.

"드디어 이걸 써볼 때가 왔나?"

송광선 부장은 레이더에 나타난 여섯 기의 초계기를 한꺼번에 표적 목록에 입력시켰다. 그리곤 버튼 하나를 누른다.

그와 동시에 송골매 아래쪽에서 스르르 돋아나는 것이 있다. 레일건이다.

미국이 연구하던 프로토타입 레일건은 길이가 19.15m이다. 필요한 전자장비 및 전력 공급 장치가 소형화되었음에도 이러하다. 이때 투사체의 무게는 약 10kg이다.

이것 한 발당 발사 비용은 대략 2만 5,000달러이다. 기존의 미사일보다는 훨씬 저렴하다 할 수 있다.

미군은 2020년까지 사거리 370km짜리 레일건을 개발하여 배치하는 것을 목표로 하고 있다.

미국이 군함에 탑재하려는 레일건은 64MJ급이다.

투사체가 가진 운동에너지만으로도 일렬로 행진하는 전차 열 대를 뚫어버리고, 비행 중인 초음속 제트기를 떨어뜨릴 수 있으며, 군함조차 침몰시킬 수 있다.

이는 이론상 이러하다는 것이다.

이것의 도면을 살핀 현수는 획기적으로 축소시킬 방안을 강구했다. 전투기에 장착하는 것을 고려한 때문이다.

천재적인 두뇌는 결국 그 단초를 찾아냈다. 결정적 힌트를 얻은 이실리프 기술연구소에선 이를 완성시켰다.

그 결과 우주전함인 이실리프호와 송골매에 레일건이 장착될 수 있었던 것이다. 어쨌거나 송골매에 달려 있는 것은 덩치는 작지만 어마어마한 사거리와 위력을 가졌다.

사거리 100km까지는 원형공차가 불과 5cm이다. 미군의 그것보다 훨씬 더 정확하다.

어쨌거나 레일건에 충분한 전류가 공급되자 여섯 발의 투사체가 차례로 발사되었다.

딜레이 타임은 약 5초이다. 엄청난 에너지를 불과 5초 만에 모을 수 있는 비법은 마나집적진에서 착안했다.

어쨌거나 투사체가 목표물을 향해 쏘아졌다.

투앙! 쒜에에에에에엑ー!

실로 어마어마한 속도로 목표를 향해 직진하자 허공을 찢어발기는 파공음이 터져 나온다.

투앙! 쒜에에에에에엑ー!

투앙! 쒜에에에에에엑ー!

여섯 발을 발사한 송광선 부장은 레이더에 시선을 주고 있다. 그런데 투사체가 작고 빨라서 그런지 레이더에 잡히지 않는다.

시속 9,000㎞로 날아간 투사체는 100㎞ 거리에 있던 P—1과 P—8A 포세이돈을 차례대로 꿰뚫어 버린다.

콰앙ー! 퍼어엉ー! 쿠와앙ー! 콰아아앙ー!

가장 먼저 당한 건 미쓰비시에서 만든 대잠초계기 P—1이다. 시속 830㎞/h로 쏘아져 오다 뭔지 모를 것에 꿰뚫렸다.

그런데 하필이면 연료탱크를 뚫고 지나갔다.

싣고 있던 항공유가 줄줄 새는가 싶더니 금방 시뻘건 화염에 휩싸인다. 하지만 그 시간은 그리 길지 않았다. 커다란 폭발음과 더불어 산산이 부서져 버린 때문이다.

한국 해군의 잠수함을 사냥할 생각에 희희낙락하던 세 명의 조종사와 여섯 명의 임무 인원은 무슨 영문인지도 모르고 저승의 고혼이 되어버렸다.

곧이어 방금 전 저승에 도착한 여러 명의 동료를 만날 수 있었다.

일본이 야심차게 준비한 대잠초계기에 타고 있던 자들이다. 한국의 잠수함을 찾아냈다면 추호도 망설이지 않고 어뢰를 쏘았을 놈들이니 조금도 불쌍치 않다.

비슷한 순간, 수면 위에서도 난리가 벌어지고 있다.

"아악! 실패했다! 근접 방어 시스템 가동해!"

"네! CIWS 가동합니다!"

두루루! 두루루루루루루루루루!

20㎜ 팰렁스가 요란한 소리를 내며 무수한 총탄을 토해놓는다. 하나 양만춘함에서 발사된 하푼은 화망을 뚫었다.

그리곤 일본의 이지스 구축함 묘코의 허리에 처박힌다.

콰아앙! 콰아아아아앙―!

우당탕! 와당탕! 와장창! 콰당―!

"으아악! 아아악! 아앗! 커흑! 캐액!"

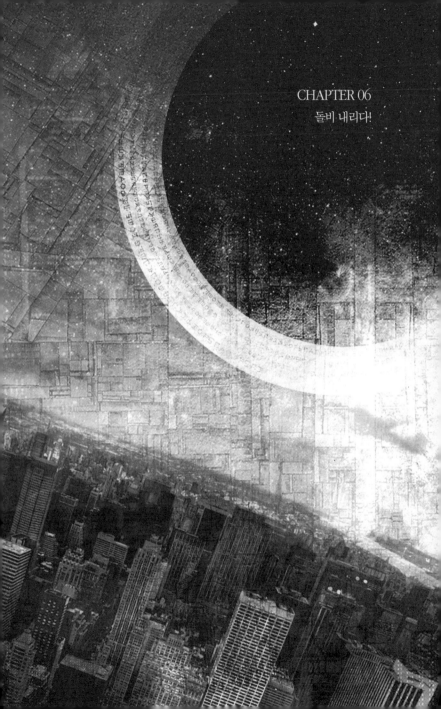

CHAPTER 06
돌비 내리다!

함교에 전해지는 무지막지한 충격에 모든 유리창이 깨짐
과 동시에 함장을 비롯한 모두가 쓰러진다.

이때 또 하나의 하푼이 쏘아져 오고 있다. 하나 이것의 존
재를 아는 자는 아무도 없다.

송골매에서 쏜 이 녀석은 스텔스 미사일이기 때문이다.

쿠아아아앙—!

쩌어어억—!

거대한 이지스 구축함이 두 쪽으로 갈라진다.

얼마 지나지 않아 두 동강으로 잘린 채 깊고 깊은 바닷속으

로 빠져든다.

쏴아아아아아!

폭발의 여파로 바다로 떨어져 허우적대던 병사들은 침몰이 만들어낸 소용돌이로부터 벗어나려 애를 쓴다.

이때 또 한 척의 이지스함이 침몰한다. 선수 부분에 두 방의 하픈이 틀어박힌 결과이다.

갑자기 거센 파도가 만들어진다.

앞쪽으로 기우뚱하는가 싶더니 아타고함의 선수가 수면 아래로 들어가더니 곧추선 때문이다. 곧이어 강렬한 기세로 기포를 뿜어내더니 바닷속으로 빨려든다.

주변에서 허우적대던 수병들 또한 소용돌이를 벗어나지 못해 검푸른 수면 아래로 같이 잠겨든다.

콰아아앙! 콰아아아아앙! 콰앙! 콰아아앙—!

일본의 최대 전함 이즈모에서도 강력한 폭발이 일어난다. 유폭이라도 일어나는지 폭음은 계속해서 터져 나온다.

그때마다 시뻘건 불길과 더불어 환한 빛이 뿜어지는데 주변 바다는 엉망이다. 먼저 침몰한 아타고와 묘코의 잔해물, 허우적대는 수병들 때문이다.

여기에 이즈모에서 일어난 폭발로 수많은 잔재가 사방으로 뿌려지고 있다. 전장 248m, 전폭 38m짜리 이즈모함이 수면 아래로 사라지는 데 걸린 시간은 불과 5분이다.

갑판에 있던 수직 이착륙 수송기 'V—22 오스프리' 여섯 대와 이에 탑승한 채 대기하고 있던 해병대원 200여 명이 가장 먼저 수장되었다.

곧이어 이즈모함의 승조원 973명 역시 물속으로 빠져들었다. 미사일 유폭으로 인한 강한 충격 때문에 도저히 몸을 뺄 수 없던 결과이다.

2015년 3월에 취역하였고, 곧 항공모함으로 개장될 상황이었는데 수심이 2,000m나 되는 곳에서 침몰을 시작했다.

수면 위 사람들의 귀에는 들리지 않지만 이즈모와 아타고, 그리고 묘코 등은 압궤되고 있다.

수압 때문에 우그러들면서 원형을 잃고 있는 것이다.

*　　　*　　　*

독도와 울릉도 사이에서 한일해전이 벌어지고 있을 때 예루살렘과 텔아비브 등은 점점 어둠이 짙어가고 있었다.

"우와! 별똥별이다!"

누군가의 외침에 귀가하던 사람들 모두 시선을 들어 하늘을 바라본다.

방금 들은 대로 하늘에서 별똥별이 떨어지고 있다. 그런데 뭔가 이상하다.

"으앗! 이리로 떨어진다!"

쐐에에에엑─! 슈아아아앙─!

콰아아아앙! 쿠아아아앙! 와르르르!

첫 번째 운석이 떨어지자 유태인들이 보물 1호라 칭하는 통곡의 벽이 단숨에 무너진다.

거의 비슷한 시각에 두 번째 운석이 통곡의 벽을 이루고 있던 바위 무더기를 강타한다. 그 순간 전체가 크게 들썩이는가 싶더니 일제히 솟구쳐 오른다.

너무나 거대한 충격파 때문인지 가로세로높이가 각각 60㎝쯤 되는 바위가 산산이 부서진 채 솟아오른다.

가장 큰 조각도 벽돌보다 작을 정도로 부서졌다.

쐐에에에에에에엑! 쿠와아아아앙─!

세 번째 운석 또한 통곡의 벽이 있던 자리를 강타한다. 그러자 자갈 크기로 부서져 버린다.

"우아앗! 야훼께서 노하셨다!"

누군가 소리쳤지만 이것에 신경 쓰는 이는 없다. 하늘로부터 무수한 운석의 비가 쏟아지기 시작한 때문이다.

콰아앙! 콰아아아앙! 콰아앙! 콰아아아앙─!

이스라엘이 애써 가꾼 군사기지 대부분이 작살났다. 활주로에 있던 전투기 등은 떠 보지도 못한 채 산산이 부서졌다.

전차들도 마찬가지다. 무지막지한 운석의 충격파는 육중

한 전차들이 10m 높이로 치솟았다가 널브러지게 만들었다.

늦은 밤까지 모여 있던 국회의원들은 의사당을 직격한 운석에 의해 거의 대부분 즉사했다.

대통령궁이라 하여 무사한 것은 아니다. 폭삭 무너진 건물의 잔해 아래에는 압사당한 대통령의 시신이 깔려 있다.

팔레스타인 사람들에게 백린탄 사용을 허가한 총리의 관저 역시 처참하다. 온갖 못된 짓을 자행하던 모사드의 본부는 물론이고 지부의 건물들 역시 화를 면치 못했다.

안에 있던 요원들은 시신조차 온전히 보전할 수 없을 정도로 갈가리 찢기거나 뭉개졌다.

그러고도 무수히 쏟아지는 운석들은 대부분의 관공서를 작살냈다. 그와 동시에 발전소, 공장, 도로, 공항, 항만 시설 등을 강타했다.

병사들이 머무는 병영도 대부분 화를 모면하지 못했다.

융단폭격을 가하듯 쏟아져 내린 운석 때문에 피할 수도 없는 상황인지라 앉은 채 당했다.

그러고도 운석의 비는 계속해서 내렸다.

콰아앙! 콰아아앙! 쿠아앙! 쐐에에엑! 콰아아앙—!

2013년 2월, 러시아 우랄산맥 인근의 첼랴빈스크 지역 일대가 쑥대밭으로 변했다. 사람들은 군수시설에서 엄청난 사고가 벌어졌거나 전쟁이 발발했다고 생각했다.

이건 직경 17m, 무게 1만 톤짜리 운석이 지표면으로부터 30km 상공에서 폭발한 결과이다.

과학자들이 계산해 본 결과 제2차 세계대전 당시 일본 히로시마에 투하되었던 원자탄의 위력보다 무려 33배나 더 강력한 폭발력을 지닌 것으로 판단했다.

지금 이스라엘에 떨어지고 있는 운석은 대부분 직경 5m 이내이다. 그런데 그 숫자가 상당히 많다.

그 결과 이스라엘 곳곳은 그야말로 아비규환이 되었다. 엎드려 신에게 절을 하며 기도해 보지만 소용이 없다.

"아앗! 저, 저길 봐!"

누군가의 고함에 하늘을 보던 사람들은 시뻘건 불길을 뿜으며 떨어져 내리는 운석을 보고 망연자실했다.

하지만 그 시간은 그리 길지 못했다.

떨어져 내리던 그것이 하늘에서 폭발하는가 싶더니 수없이 많은 조각으로 나뉜 채 쏟아져 내린 때문이다.

쐐에에에에에에엑! 슈아아앙!

콰아아앙! 쿠아아앙! 콰아앙! 콰앙! 쿠아아앙ㅡ!

벽력보다도 큰 충격음에 거의 대부분 고막이 터졌다.

그것으로 끝이 아니다.

이스라엘의 예루살렘과 텔아비브를 비롯한 도시의 모든

건축물이 무너지거나 산산이 부서졌다.

직경 15m짜리 운석이 고도 20㎞에서 폭발한 결과이다.

약 5분에 걸친 운석 폭격이 끝나자 여기저기에서 폭발음이 들린다. 건물이 무너지면서 화재가 발생했고, 가스탱크 등이 터지면서 더 큰 화마를 뿜어낸 것이다.

밤이 깊었지만 아주 환하다. 수천, 수만 곳에서 발생된 화재 때문이다. 당연히 자욱한 연기가 뿜어진다.

"으으! 으으으!"

누군가의 손가락이 수북하게 쌓여 있는 벽돌 틈을 비집고 나온다. 선혈로 얼룩이 진 손은 바르르 떠는가 싶더니 이내 멈춰 버린다.

작년 이맘때 팔레스타인 진압 작전에 나가 일곱 살짜리 여자아이를 조준해 죽인 놈의 손이다.

이놈의 곁에 피를 뿜어내고 있는 놈은 어린 아들을 구하려고 뛰어나오던 아버지를 쏘아 죽인 놈이다.

또 다른 녀석은 백린탄을 발사했던 놈이다. 벽돌보다 약간 큰 돌이 머릿속에 박힌 채 죽어 있다.

이스라엘은 보유하고 있던 거의 모든 군사력을 잃었다.

핵무기 발사기지는 운석으로 뭉개져 사용 불가능해졌고, 전투기의 95%가 파괴되었다. 전차의 90%는 고철이 되었다.

병사들 또한 상당수가 목숨을 잃었다.

이스라엘에 엄청난 운석이 떨어졌다는 사실은 곧바로 전 세계로 타전되었다.

이스라엘과 적대관계이던 아랍국가에선 깊은 밤이지만 쌍수를 들어 환호하며 길거리로 뛰어나오고 있다.

마치 국경일이라도 된 듯 너도나도 기뻐서 날뛴다.

잠시 후 이란, 이라크, 시리아, 레바논 등 이스라엘과 적대하고 있는 국가들 모두 전군 비상령이 발동된다.

군사력을 잃은 이스라엘을 상대로 보복 전쟁을 시작하려는 것이다.

아돌프 히틀러는 유태인 600만 명을 학살했다고 한다.

현재 이스라엘의 인구는 약 790만 명이다.

성난 아랍인들의 공격을 소총 몇 자루로 어찌 막을지 심히 난감할 것이다. 또 한 번의 엄청난 대학살이 일어나려 한다. 그간 당한 걸 고스란히 돌려준다면 최하 600만 명 이상이 목숨을 잃을 것이다. 하나 유태인들을 진심으로 걱정해 주는 사람은 얼마 되지 않을 것이다.

신명기 20장 12~14절은 '적군과의 싸움 규례'이다.

만일 너와 평화하기를 싫어하고 너를 대적하고 싸우려 하거든 너는 그 성읍을 에워쌀 것이며,

네 하나님 여호와께서 그 성읍을 네 손에 붙이시거든 너는 칼

날로 그 속의 남자를 다 쳐 죽이고,

오직 여자들과 유아들과 육축과 무릇 그 성중(城中)에서 네가 탈취한 모든 것은 네 것이니 취하라.

네가 대적에게서 탈취한 것은 네 하나님 여호와께서 네게 주신 것인즉 너는 그것을 누릴지니라.

이를 현대식으로 해석해 보면 다음과 같다.

적으로 판단되는 남자들은 다 죽여라. 그들의 재산은 강탈해도 좋으며, 적의 여자들은 네 마음대로 강간해도 좋다.

민수기 31장 17~18절은 다음과 같다.

그러므로 아이들 중에 남자는 다 죽이고, 남자와 동침하여 사내를 안 여자는 다 죽이고,

남자와 동침하지 아니하여 사내를 알지 못하는 여자들은 다 너희를 위하여 살려둘 것이니라.

이스라엘 족속들은 이런 율법대로 살아왔다. 그동안 당해 오던 아랍인들이 어찌할 것인지는 두고 볼 일이다.

어쨌거나 시간이 흘러 이스라엘 멸망의 날이 밝고 있다.

이스라엘을 둘러싸고 있는 요르단, 레바논, 시리아, 이집트에선 새벽부터 전투기 및 폭격기들이 뜨고 있다.

이 밖에 이란, 이라크, 리비아, 수단에서도 전투기와 폭격기들이 날아오르고 있다. 눈엣가시 같은 이스라엘을 영원히 지도에서 지우기 위한 아랍대연합이 결성될 것이다.

* * *

"노이아와 이프리트, 그리고 세리프이와 엘레이아는 이곳과 이곳, 그리고 여기와 여기에 있는 화산들을 일제히 분화시켜 줘."

아리아니의 호출을 받아 하던 일을 멈추고 온 사대정령왕은 현수가 짚은 곳들을 눈여겨보고 있다.

후지산, 아소산, 온타케산, 하코네산 등 거의 모든 화산이 망라되어 있다.

그런데 현수의 표정은 몹시 격앙되어 있다. 조금 전 들어온 첩보 때문이다.

어제 일본이 전격적으로 시도한 한일해전은 끝났다.

한국이 입은 피해는 광명함 한 척뿐이다.

실종자는 김학선 중령 등 세 명이고, 부상자는 27명이다. 실종자에 대한 수색은 현재 진행 중이다.

일본은 2함대와 3함대의 모든 전함을 잃었다. 뿐만 아니라 잠수함 여섯 척도 잃었다. 모조리 폭침이다.

비싼 돈 들여 도입한 F—35A 40기와 F—15J 40기, 그리고 대잠초계기 12기도 잃었다.

이 밖에 공중급유기와 조기경보기도 각 한 대씩 잃었다.

일본 입장에선 실로 처참한 결과이다.

이쯤 되면 물러서야 한다. 그런데 아베 신조는 전격적으로 끝난 한일해전에 대한 반격으로 대한민국의 수도 서울에 1메가 톤짜리 핵무기를 쓰려 한다. 국제사회의 눈을 속이고 핵무기를 보유하고 있었던 것이다.

만일 서울 시청 상공에서 이것이 폭발하게 되면 1차 열복사 및 2차 후폭풍에 의해 거의 모든 건물이 파괴된다.

열복사로 200만 명이 즉사하고, 후폭풍에 의해 추가로 200만 명이 고통 속에서 몸부림치다 사망할 것이다.

2주 내지 6개월 이내에 추가로 300만 명이 목숨을 잃게 된다. 이후 방사능 낙진 등으로 추가 희생자가 발생하는데 이들까지 모두 합치면 약 1,200만 명이 죽는다.

그리고 대한민국은 후진국으로 주저앉게 될 것이다.

이런 걸 쓰려고 준비하고 있다는데 어찌 가만있겠는가!

현수는 4대정령을 동원하여 일본의 모든 화산이 일거에 분화하는 모습을 보여주기로 마음먹었다.

"가능한 큰 폭발이 일게 하고 화산재 및 쇄설물 등은 모조리 일본 땅 위에 쏟아놔. 근데 어려운 일이야?"

"전 같으면 그랬는데 지금은 아니죠."

불의 정령왕 이프리트가 입맛을 다신다. 간만에 용암 목욕을 실컷 할 생각에 기분이 좋은 것이다.

바람의 정령왕 세리프이는 고개를 갸웃거린다. 지구 자전으로 인한 편서풍을 어찌할 것인지를 가늠하는 것이다.

땅의 정령왕 노이아는 마스터의 명이 떨어졌으니 더 많은 용암이 한꺼번에 쏟아져 나가게 할 방법을 찾고 있다.

물의 정령왕 엘레이아는 느긋한 표정이다.

방금 현수가 내린 명령 정도는 손쉽게 일으킬 자신이 있기 때문이다.

일본엔 83개의 활화산이 있는데 열도 중앙부에 남북으로 길게 늘어서 있다. 사람의 척추 같은 모양이다.

후지산이 분화할 경우 막대한 용암만 분출되는 것이 아니라 지하수마저 뿜어져 나간다. 이럴 경우 인근 화산의 마그마를 식히던 지하수가 급격하게 후지산 쪽으로 이동하게 되는데 그렇게 되면 그 화산 또한 분화를 시작한다.

그러면 그것과 가까운 화산에 있던 지하수가 빨려드는 라디에이터(Radiator) 현상이 빚어진다.

이는 연쇄적 화산 폭발의 요인이 된다.

폭발의 크기에 따라 다른 결과가 빚어진다.

분화 규모가 크면 클수록 땅속에 있던 것들이 더 많이 뿜어져 나간다. 이렇게 되면 화산 내부와 지반 전체의 압력이 낮아지게 되어 상부가 폭삭 주저앉게 된다.

그 결과 홋카이도 일부 지역을 제외한 나머지 열도 전체가 침몰로 이어질 수도 있다.

1934년, 미국인 예언가 에드가 케이시는 예언에서는 거의 사용하지 않는 '반드시[Must]' 라는 어휘를 쓴 바 있다.

다음이 그 내용이다.

The greater portion of Japan must go into the sea.

'일본은 반드시 바다 속으로 잠겨든다' 라는 뜻으로 국지적 규모가 아님을 분명히 했다.

일본인 기다노 대승정은 **'지각의 대변화로 인해 일본은 20만 명만 살아남는다'** 고 했다.

한국의 탄허 스님은 **'일본 영토의 3분의 2가량이 바다로 침몰할 것이다'** 라고 예언한 바 있다.

지금 사대정령이 이마를 맞대고 의견을 나누고 있다.

현수의 지시가 이루어진다면 이들의 예언은 적중하는 것이다. 잠시 정령들을 바라보던 현수는 깜박 잊고 있던 것이 떠올라 얼른 입을 연다.

"내가 미처 이야기 못한 게 있는데, 후쿠시마 화산을 폭발시킬 때 여길 완전히 덮었으면 좋겠어."

현수가 짚은 곳은 후쿠시마 원전이 있는 자리이다.

"얼마나 두껍게요?"

"여기서 뿜어져 나오는 방사능이 대기나 해양을 오염시키지 않을 정도면 좋겠는데 가능은 한 거야?"

"……!"

아무도 대꾸하지 않는다.

후쿠시마는 지진이 잦은 곳이다. 원전 인근 지역을 통째로 파묻는다 해도 추후에 발생될 지진에 의해 다시 노출될 수 있다. 그럴 경우 농도가 더 짙은 방사능이 일거에 뿜어져 더 큰 피해가 우려되는 때문이다.

정령들의 표정을 읽은 현수는 다른 의견을 제시했다.

"그럼 노이아, 이 지역 전체를 태평양판이나 필리핀판 아래로 끌어내리는 건 어떻겠어? 가능해?"

"흐음! 쉽지 않은 일이에요. 경계를 지나쳐야 하니까요."

노이아는 팔짱을 낀 채 심각한 시선으로 지도를 바라본다. 어찌할 것인지를 계산하고 있는 것이다.

이때 나선 것은 이프리트이다.

"내가 두 지각판 모두에 굵은 구멍을 뚫어줄까?"

"구멍을 뚫어? 어떻게?"

"핵융합발전소에서 얻은 1억℃의 열로 녹이면 되잖아."

지각의 열류량과 고압하에서의 실험 등으로 추정해 보면 지표에서 지하 40㎞까지 내려갈 때의 온도 증가율은 100m를 내려갈 때마다 +3℃가 된다.

과학자들의 계산에 의하면 맨틀의 중심부가 위치한 지하 1,500㎞ 깊이에서의 온도는 약 1,730℃이며, 외핵은 2,730℃, 지구 중심부는 3,230~4,230℃로 추정된다.

따라서 이프리트가 뿜어낼 수 있는 온도를 감안해 보면 지각의 일부분을 녹이는 것은 어려운 일이 아니다.

"그럴 때 지각판 섭입이 조금이라도 격렬해지면 거꾸로 솟구칠 텐데?"

노이아의 말에 이프리트가 대꾸한다.

"그건 자네가 알아서 할 일이지. 지각판의 움직임을 멈추도록 하면 내가 구멍을 뚫어. 그런 다음에 후쿠시마 원전이 빠져들도록 한 다음 엘레이아가 식히면 되잖아."

자신만만한 표정을 짓는 이프리트를 바라보는 엘레이아는 당혹스런 표정이다. 엄청난 열로 녹아버린 지각의 일부분을 물의 차가움으로 식히는 게 쉽지 않은 때문이다.

그러거나 말거나 이프리트의 말은 이어진다.

"그렇게 해서 맨틀과 외핵이 맞닿는 곳까지 끌어내리면 마스터께서 염려하시는 일은 결코 일어나지 않을 거야."

노이아는 턱을 괸 채 계산을 해본다.

이프리트의 말대로 되면 후쿠시마 원전은 약 120만 기압을 받게 되어 영원히 지상으로 솟아오를 수 없다.

"흐음! 맞는 말이긴 해. 근데⋯ 시간이 많이 걸릴 일이야. 워낙 압력이 세서."

노이아 자신이야 실체를 가지지 않은 정령이니 지구의 중심부까지 내려가는 것이 어렵지 않다.

하지만 후쿠시마 원전을 통째로 끌어내리는 것은 그것과는 다른 일이다. 그렇기에 고심에 잠긴 것이다.

이쯤 되면 정리해 줄 필요가 있다.

"노이아, 지각판 아래에만 있어도 지상에 영향을 못 주니까 너무 깊이 끌고 갈 필요는 없잖아. 안 그래?"

"네, 마스터. 그렇긴 합니다."

노이아가 고개를 끄덕이자 엘레이아도 한시름 놓았다는 표정을 짓는다. 하여 고개를 끄덕이다가 현수와 시선이 마주친다. 순간 스파크 같은 것이 느껴졌는지 흠칫거린다.

하지만 현수는 이런 걸 전혀 느끼지 못한 듯 말을 잇는다.

"참! 엘레이아, 태평양을 오염시킨 방사능을 한 곳으로 모을 수 있겠어?"

"전부요?"

"그래, 전부."

바다는 어느 한 나라의 소유가 아니다.

인류 전체가 영향을 받을 수 있으므로 한시바삐 방사능을 제거하는 것이 바람직하다.

"하라고 하시면 하기는 하는데, 시간이 많이 걸릴 일이에요. 벌써 엄청나게 퍼졌거든요."

"그래, 알아. 그래도 시간 날 때마다 신경 써서 모아줘."

현수가 미소 어린 표정으로 바라보자 엘레이아는 전신을 배배 틀며 대답한다.

"네, 마스터. 말씀대로 할게요. 근데 시간은 걸려요."

"그래, 애써줘. 일단은 화산부터 시작해."

"네, 마스터."

4대정령이 떠난 후 현수는 TV에 시선을 주었다.

한일해전의 승리가 대대적으로 보도되고 있다.

같은 시각, 커티스 피츠제럴드 한미연합사령관은 잔뜩 화난 표정을 짓고 있다.

"장관님, 이건 협정 위반입니다. 전시작전권은 우리 미국이 가지고 있다는 걸 잊었습니까? 어찌 한마디 상의도 없이 일본과 전쟁을 벌일 수 있단 말입니까?"

이권호 국방부장관은 잔뜩 열 받아 있는 한미연합사령관

에게 시선을 주며 차분한 어조로 대꾸한다.

"내 집에 들어온 강도까지 잡아달라고 할 수는 없지요. 게다가 전작권은 일본과의 전쟁엔 해당 사항이 없는 겁니다."

"무슨 소리입니까? 꼭 글자로 쓰여 있어야 하는 건 아닙니다. 전작권이 우리에게 있으니 한국은 누구와 전쟁을 하든 우리 미군의 지휘를 받아야 합니다."

커티스 피츠제럴드는 말도 안 된다는 표정을 짓는다. 하나이 장관의 표정엔 큰 변화가 없다.

"그건 아니죠. 북한과의 전쟁이 벌어졌을 때를 감안해 전작권을 미군에 맡긴 겁니다. 지나가 참전해서 우리가 지면 아시아 대륙에서 미국의 영향력이 줄어들까 싶어 얼씨구나 하고 가져간 것 아닙니까?"

"그, 그건……!"

속내를 대놓고 까발려 버리니 연합사령관은 잠시 말을 잇지 못한다. 하지만 그 시간은 그리 길지 못했다.

"우리가 전작권을 가진 것은 지나로부터 한국을 보호하려는 의미였습니다."

"그래서 한국에 사드(THAAD)를 배치하자고 했던 겁니까? 지나가 쏜 탄도미사일이 미국 영토로 가기 전에 떨구려는 목적으로 말입니다."

"……!"

"지나는 우리의 최대 교역국입니다. 미국의 안위를 위해 우린 지나와 경제적 마찰을 고려해야 하는 상황이었습니다."

"한국과 미국은 오랜 군사동맹 관계입니다."

이권호 장관은 크게 고개를 끄덕여 동의를 표했다. 하지만 웃는 표정은 아니다.

"맞습니다. 오래된 동맹 관계! 덕분에 북한의 위협으로부터 오랫동안 안전했지요. 그런데 지금은요?"

"그게 무슨 말입니까?"

커티스 피츠제럴드 한미연합사령관은 눈을 크게 뜬다.

"북한은 더 이상 남한을 위협하지 않습니다. 정보가 빠르니 잘 알겠지만 북한에 중대한 권력 변화가 있었습니다."

"그건……"

미국은 1년 365일, 하루 24시간 내내 평양 등을 주시하고 있다. 하여 김정은이 권좌에서 내려오고 현수가 새로운 태양이 되었음을 이미 파악한 상태이다.

다만 현수의 성향을 제대로 진단하지 않은데다 북한에서도 전 세계를 상대로 새로운 권력자를 공표하지 않은 상태이기에 대응하지 않고 있다.

예의 주시하며 상황의 추이만 보고 있을 뿐이다.

한 가지 확실한 것은 북한이 남침할 확률이 제로에 수렴되어 있다는 것이다.

이는 주한미군이 더 이상 필요 없음을 의미한다.

그런데 미국에게 있어 한반도는 군사적으로도 지정학적으로도 매우 중요하다.

아시아 대륙의 가장 끝에 있으며 지나를 견제할 수 있는 절묘한 위치에 있다. 잠재적 적이라 판단하고 있는 지나의 턱밑에 들이밀어진 비수 역할을 맡길 수 있다.

따라서 주한미군의 철수는 결코 있어선 안 된다.

철군했다가 전쟁이 벌어지면 상륙작전을 벌여야 하는데 어마어마한 인명 및 물적 피해가 우려된다.

세계적으로 유명한 상륙작전으로 인천 상륙작전과 노르망디 상륙작전을 꼽을 수 있다.

두 번의 작전 결과, 상륙작전은 전력 우위를 확보하고도 위험성이 많다는 교훈을 얻었다. 상당 규모의 병력이 일정 기간 동안 무방비로 전선에 노출되기 때문이다.

반면 상륙을 저지하는 쪽은 참호 속에 들어가 있거나 콘크리트 벙커 안, 또는 엄폐물 뒤에서 공격할 수 있다.

따라서 미국이 지나를 저지하려는 목적을 가지고 있는 한 주한미군 철수는 꺼내 들 수 없는 카드이다.

그간은 북한의 위협으로부터 보호해 준다는 명목으로 한반도에 주둔해 있었다.

그런데 북한 내부에 엄청난 변화가 있었다.

이젠 다른 나라들이 아무리 부추겨도 결코 남북전쟁이 벌어지지 않을 상황이 되어버렸다.

한국 입장에선 국경을 맞댄 적이 사라진 셈이다. 따라서 미군의 명목상 주둔 목적이 사라졌다.

미국 입장에선 몹시 곤혹스럽다.

그동안 한국에 빨대를 꼽고 쭉쭉 잘 빨아먹었다.

폐기 직전인 전쟁비축물자(WASA-K)를 제값 받고 팔아먹는 건 애교에 속한다.

전쟁이 나면 한국군이 사용할 수 있다는 명분으로 30년 넘게 우리 국민들의 세금으로, 우리 군이 저장 및 관리하던 것이다.

약 60만 톤에 달하는 도태탄약을 미국으로 회수해 폐기할 경우 소요될 천문학적 비용을 한국에 떠넘기려는 파렴치한 짓이었다.

지난 2010년, 한국의 주력 전투기 F-15K는 수리 부품이 모자라 10대 가운데 1.4대꼴로 '비행 열외' 상태였다.

현재에도 60대 중 10대는 뜨지 못한다.

보잉사는 F-15K를 곧 단종할 예정이니 향후 30년간 사용할 부품을 미리 주문하라고 요구했다.

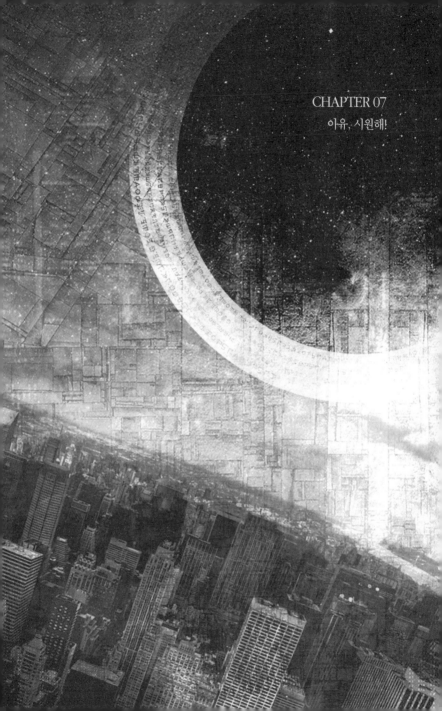

CHAPTER 07
아유, 시원해!

　지난 2004년 한국과 미국은 서울과 경기도에 흩어져 있던 주한미군 기지들을 경기도 평택으로 이전하기 위한 '용산기지 이전협정[YRP]' 과 '연합토지 관리계획 개정협정[LPP]' 을 각각 체결한 바 있다.

　서울 용산기지는 YRP에 따라 경기도 의정부 및 동두천에 소재한 미2사단의 31개 기지 중 23개는 LPP에 따라 모두 2016년까지 이전되었다.

　이때 들어간 총비용 16조 원(공사비용) 중 미국이 부담한 것은 달랑 1조 원이다.

원칙대로라면 2004년 국회에서 통과된 LPP의 '원인제공자 비용부담' 원칙에 따라 용사기지 이전은 한국이, 미2사단 이전은 미군이 각각 전액 부담해야 한다.

그러나 미군은 미2사단 이전 역시 한국이 제공한 방위비 분담금으로 충당했다. 미군기지를 이전하는 비용 대부분을 한국 국민이 낸 세금으로 처리한 것이다.

미군은 자신들이 떠난 자리에 남겨진 오염된 토지를 정화하는 비용도 한국이 부담토록 했다.

이에 의식 있는 국민들이 성토하는 목소리를 높였다.

하나 친미주의자들이 득실거리는 행정부와 국회, 그리고 군부에선 국민의 목소리를 외면했다.

어쨌거나 한국으로선 주한미군의 필요성이 급격하게 줄었다. 이를 모르는 바는 아니지만 워낙 숭미주의자가 많기에 한미연합사령관의 음성은 줄지 않는다.

"그간 주한미군이 지켜준 것을 잊으셨소?"

"그간의 역할을 잊은 것은 아닙니다. 어쨌거나 일본과의 분쟁에 미국이 끼어들지 않기를 바랍니다."

"이보시오, 장관. 전작권은 미군에게 있습니다. 한국은 협정을 위반하고 있다는 것을 경고합니다."

서늘한 눈빛으로 바라보는 커티스 피츠제럴드 사령관에게 시선을 맞춘 이권호 국방장관은 굳은 표정을 짓는다.

"조금 전에도 말했지만 일본과의 분쟁에 미국은 끼어들지 마십시오. 우리 정부는 중립을 원합니다."

"중립이요? 우리가 중립을 지키지 않으면……."

커티스 피츠제럴드 사령관의 말은 중간에 잘렸다.

"그럼 주한미군의 즉각적인 철군이 있어야 할 겁니다."

"이, 이보시오, 장관!"

장관의 일언은 중천금과 같다. 그런데 미군 철수라는 말이 나오자 커티스 피츠제럴드는 잠시 말을 잇지 못한다.

충격적인 모양이다. 그러거나 말거나 이 장관의 말은 이 어진다.

"긴말하지 않겠습니다. 일본과의 분쟁에 미국은 끼어들지 마십시오. 이건 저쪽에서 먼저 걸어온 전쟁입니다."

"그건……."

한미연합사령관은 말을 잇지 못했다.

일본이 먼저 독도 해역을 침범했고, 이를 경고하는 한국 초 계함에 함포사격을 가했으며, 끝내 미사일로 침몰시켰음은 이미 전 세계에 공표된 사실이다.

이때까지만 해도 일본은 승전을 확신했다.

그렇기에 3분 간격으로 전황을 보도했다. 물론 고화질 동 영상이 포함되었다.

국민의 시선을 쏠리게 하려는 목적의 일환이며, 일본군이 강하다는 것을 증명하는 일이기 때문이다.

이후에 벌어진 일은 그야말로 뜻밖이었다.

든든하던 2함대와 3함대의 전함 전부가 격침되었다.

잠수함도 열두 척이나 작살났고, 독도 상공에선 F—35A와 F—15J가 각각 40대씩 격추되었다.

뿐만 아니다.

한국의 잠수함을 사냥하기 위해 나선 대잠초계기 전부가 떨어졌으며, 공중급유기와 조기경보기마저 추락했다.

실로 어마어마한 피해이다.

반면, 한국의 피해는 광명함 침몰과 김학선 중령 등 세 명의 실종, 그리고 27명의 부상이 전부이다.

독도 해역에 작전을 나서면 고작 30분을 머물 수 있다던 F—15K는 마이즈루와 오키섬을 떠난 적기를 모조리 격추시키는 한편 일본 해군 2함대 함선들도 파괴했다.

그리곤 곧장 남하하여 부산과 포항을 급습하려던 일본 3함대 소속 함정 전부에게 하픈을 먹여주었다.

그리고도 한참을 초계비행한 뒤 K—2기지로 돌아갔다.

이에 대해 미국 측에선 긴급 상황 파악에 나선 상태다.

F—15K는 미국에서 만들어졌고, 한국엔 공중급유기가 한 대도 없다. 따라서 불가능한 일이 벌어진 때문이다.

계산에 의하면 F—15K는 보조 탱크를 달았다 하더라도 제

능력의 세 배 이상을 비행했다. 하여 보잉사 직원과 미 공군 조사단이 대구 K—2로 급파되었다.

F—15K를 샅샅이 조사하기 위함이다.

물론 이들은 F—15K의 그림자도 보지 못한다.

보여주는 건 어렵지 않다. 겉보기엔 아무런 개조 작업도 거치지 않은 것처럼 보이기 때문이다.

그런데 아무런 결과가 없으면 자신들이 시험 비행을 해보거나 가져가서 확인해 보겠다고 할 수도 있었다.

이런 일이 일어날 경우 다음에 어떤 일이 벌어질지 뻔하다. 어떻게 하였기에 연비가 대폭적으로 향상하였으며, 스텔스 기능은 어찌 획득했는지에 대한 집요한 조사 및 질문이 이어질 것이다. 그리고 순순히 그 기술을 내놓으라는 으름장을 내밀 것이다.

미쳤나? 가르쳐 줄 하등의 이유가 없다.

그렇기에 제11전투비행단은 이들의 접근을 허락하지 않는다. 이에 미국에선 차후 한국에 어떠한 전투기나 무기도 판매하지 않을 수 있다는 협박을 내놓을 예정이다.

이에 대한민국의 대답은 냉랭한 코웃음이다.

향후 미국으로부터 어떠한 전투기도 도입할 계획이 없기 때문이다. 미국의 것보다 훨씬 우수한 것을 직접 대량 생산할 수 있는데 왜 달러를 낭비하겠는가!

따라서 미국의 협박은 먹히지 않을 것이다.

아무튼 한미연합사령관을 앞에 둔 이권호 국방장관은 조금도 꿀리지 않는 표정이다.

"우린 먼저 도발한 적에게 응징을 가한 겁니다. 일본은 항상 이런 식입니다. 하여 이번엔 본때를 보여주려 합니다."

"본때라니요?"

"우리의 영토임에도 일본이 강점하고 있는 대마도, 아니, 진도(津島)를 되찾을 겁니다."

이 장관의 이 말은 삼국시대엔 현재의 대마도를 진도라 불렀음을 의미하는 것이다.

"대마도가 한국 땅이라니요?"

한미연합사령관은 처음 듣는다는 표정을 짓는다.

"사료를 뒤져보면 일본이 독도를 자신들의 땅이라 우기는 근거보다 대마도가 우리 땅이라는 근거가 훨씬 더 많습니다. 따라서 진도는 우리 땅입니다. 이번 기회에 일본이 강점하고 있는 그걸 되찾아올 생각입니다."

"이보시오, 장관! 그럼 일본이 가만있을 것 같습니까?"

커티스 피츠제럴드 한미연합사령관은 별 미친 소리를 다 듣는다는 표정이다. 하나 이권호 국방장관은 당당하다.

"일본이 무슨 짓을 하던 우린 그걸 격퇴할 전력을 갖췄습니다. 이번에 잘 보여주었는데 우리가 겁먹을 것 같습니까?"

"그, 그건······!"

한미연합사령관은 일순 대꾸할 말을 잃었다. 이번 싸움에서 한국이 원사이드하게 강함을 증명한 때문이다.

이때 이권호 장관의 말이 이어진다.

"이번엔 대마도로 만족하겠지만 한 번이라도 더 불순한 의도를 드러내면 규슈[九州]를 비롯하여 시코쿠[四國]와 혼슈[本州]까지 우리의 육군을 상륙시킬 수 있습니다."

"장관, 그건 영토 침공······."

이권호 장관의 결연한 표정을 읽은 한미연합사령관은 말을 잇지 않았다. 지금은 어떤 말로도 격앙된 감정이 달래지지 않을 것이라 생각한 것이다.

하지만 이 장관은 현재 감정이 고조된 상태가 아니다.

정순목 대통령 권한대행과 충분한 대화를 나눈 끝에 향후의 일정을 확정한 상태이기 때문이다.

"일본과 한국은 우리 미국에게 매우 중요한 우방국입니다. 그런데 서로 전쟁을 하면 난처합니다."

"미국에겐 둘 다 우방국일 수 있으나 우리에게 일본은 적입니다. 그리고 이번 전쟁은 저쪽이 먼저 걸어온 겁니다. 미국에서도 걸어온 싸움을 피하면 겁쟁이라 하지요? 그걸 치킨이라고 하나요? 아무튼 본때 좀 보여줘야겠습니다."

"그건······!"

"미국은 중립만 견지해 주시면 됩니다."

"장관……!"

한미연합사령관은 계속 뒷말을 잇지 못한다. 논리를 잃은 때문이다.

"가십시오. 오키나와에 주둔해 있는 주일미군이 철수한다는 소식이 들리더군요. 의논할 일이 많을 것으로 짐작됩니다. 한국과 일본 문제는 둘이 알아서 해결할 겁니다."

"장관, 일본이 우리 미국에게 중요한 우방국이라는 걸 잊지 마십시오."

"그건 이제 우리 대한민국은 미국의 우방국이 아니라는 뜻인가요? 그렇게 받아들여도 되겠습니까?"

"아, 아니, 내 말을 그게 아니고… 아무튼 잘 생각해서 화해를 권하는 바입니다."

한미연합사령관과 이권호 장관이 만나고 있을 때 주미대사 윤성우는 존 캐리 미국 외무장관과 얼굴을 맞대고 있다.

"대사, 한국이 어떻게 이럴 수 있습니까?"

"그럼 칼 든 강도를 만났는데 가만히 있습니까?"

"그렇더라도 전작권은 우리 미국에게 있습니다."

윤성우 대사는 아주 차분한 어조로 대꾸한다.

"강도를 만나도 경찰이 있으면 때리는 매를 다 맞고만 있어야 한다는 뜻으로 들리는군요."

"경찰이 갈 때까지는 그래야지요."

존 캐리 외무장관은 당연하다는 표정이다.

"그럼 장관님 댁에 강도가 들거든 그렇게 하십시오. 가족 중 누군가가 강도의 칼에 찔려도 절대 대항하지 마시고, 부인이나 따님이 놈들에게 강간을 당해도 언제 올지 모를 경찰을 기다리고 있으세요. 아셨습니까?"

존 캐리가 버럭 소리를 지른다.

"이것 보세요, 대사! 무슨 말을 그렇게 합니까? 한국에게 있어 우리 미국이 어떤 존재입니까? 말씀 한번 해보세요!"

"미국은 우리 한국에게 일본이 때리는 매를 다 맞고 있으라는 나라네요. 그렇게 다 맞아주면 나중에 똑같이 보복을 해줍니까?"

"일본은 우리 미국과 군사동맹을 맺은 나라입니다. 어떻게 그렇게 합니까? 그리고 때렸다 해서 똑같이 대응하는 건 미개인들이나 하는 짓입니다."

"그래요? 그럼, IS가 미국에 와서 테러를 해도 절대 보복하면 안 되겠군요. 그러면 미개한 국가가 되니까요."

"이것 보세요, 대사! 조금 전부터 왜 말을 그렇게 하십니까? 방금 전의 비유는 합당하지 못합니다!"

존 캐리는 따져 묻는 듯한 표정이다.

"나는 장관께서 보자 하여 왔습니다. 알다시피 조금 전 한일해전의 1막이 내렸습니다. 일본이 먼저 건드렸고 우린 대응한 것뿐입니다. 불러서 따지려면 일본대사를 먼저 불러야 하는 것 아닙니까?"

"아닙니다. 한국이 일본을 함부로 대하는 듯하여 대사를 먼저 부른 겁니다."

"그러니까 우리 집에 강도짓 하러 온 놈을 때려눕혔는데 왜 때렸느냐고 따지려 부른 거군요."

윤성우 장관은 여전히 태연한 표정이다. 반면 존 캐리의 얼굴은 상기되어 있다.

"일본이 왜 강도입니까? 우리 미국의 우방국입니다."

존 캐리는 고분고분해도 시원치 않을 한국대사가 뻣뻣하게 굴자 슬쩍 기분 나쁘다는 표정이다. 의당 설설 기어야 하는데 전혀 그럴 기미가 보이지 않는다.

"일본의 군함은 대한민국의 영해를 침범하였고, 이를 경고하는 초계함에 미사일을 발사하여 격침시켰습니다. 그것으로도 모자라 울릉도 쪽 영해까지 침범하려 했습니다."

"……!"

광명함이 격침된 직후 일본은 방송을 통해 독도를 점령했으며 이제 곧 울릉도까지 삼키겠다는 것을 공표하였기에 존 캐리는 아무런 대꾸도 하지 못한다.

이때 윤성우 대사의 말이 이어진다.

"우리 해군과 공군은 영토를 침범한 강도를 상대했습니다. 다시는 침범할 수 없도록 2함대와 3함대의 모든 함정을 격침시켰지요."

"⋯⋯!"

"뿐만 아니라 F—35A와 F—15J, 그리고 대잠초계기와 공중급유기, 그리고 조기경보기까지 떨어뜨렸습니다."

"⋯⋯!"

이 역시 모두 사실인지라 존 캐리는 대꾸 없이 윤성우 대사의 얼굴만 바라보고 있다.

"우린 집에 무단 침입한 강도를 혼낸 겁니다."

"이보세요, 대사! 한국의 전작권은 미국에게 있습니다. 우리가 허락하지 않으면 단 한 발의 총도 쏘면 안 됩니다. 그런데 감히 사전 양해도 없이 함부로 군사력을 투사하여 우리 미국의 우방국인 일본을⋯⋯."

"장관, 뭘 잘못 알고 계신 듯하여 바로잡습니다. 전작권은 일본과의 전쟁에는 해당 사항이 없습니다."

"무슨 말씀을! 한국이 벌이는 모든 전쟁에 대한 작전권은 우리 미국에게 있습니다. 따라서 한국은 협정을 위배⋯⋯."

존 캐리는 윤성우 대사를 깔보는 듯 매서운 눈빛을 발하고 있다. 동양의 자그마한 국가가 감히 미국에 대항한다는 느낌을 받아서이다. 하지만 말을 더 잇지는 못한다. 윤성우 대사가 말을 자른 때문이다.

"그래요? 그럼 지금 이 순간부터 한국은 전작권을 회수하겠습니다. 아울러 한국에서 미군을 철수시켜 주십시오."

"뭐, 뭐요?"

느닷없는 말에 존 캐리가 대경실색한 표정을 짓는다.

"남북한은 더 이상 전쟁이 벌어지지 않습니다. 주한미군의 주둔 사유가 사라졌으니 철수하는 게 마땅하지 않습니까?"

"그동안 우리 미국이 한국에 베푼 것이 얼마인데 이토록 배은망덕한 말씀을 하십니까? 방금 한 말이 정녕 귀국의 입장입니까? 우리 미국에게 버림받으면 어찌 될지 몰라요?"

이쯤 되면 깨갱 하고 꼬리를 내릴 것이라는 생각에서 한 말이다. 하지만 윤성우 장관은 여전히 태연하다.

"그럼요. 아주 잘 압니다. 그래도 주한미군을 철수하여 주십시오. 이건 조금 전 본국으로부터 온 훈령입니다."

"이것 보세요, 대사! 한국의 대통령은 지금 유고 중입니다. 국무총리와 경제부총리, 그리고 교육부총리와 미래창조과학부 장관까지도 그러하구요. 권한대행을 맡고 있는 외교부장관은 대통령 유고 시 서열 5위에 불과합니다. 그런데 주한미군 철수가 귀국의 공식 입장이라는 겁니까?"

"호오! 우리 대한민국을 환히 들여다보고 계시는군요. CIA

요원을 상당히 많이 파견하신 듯합니다. 안 그렇습니까?"

"그, 그건······."

제대로 대꾸하지 못하는 것은 우방국이라고 생각하면서도 스파이를 파견했음을 자인하는 것이다. 그렇기에 존 캐리는 쉽게 말을 잇지 못했다.

한국에 CIA 요원을 상당수 파견시킨 것이 사실이기 때문이다. 이들은 정계는 물론이고 언론계와 군부, 그리고 경제계와 학계까지 사찰하고 있다.

뉴 에셜론으로 전화 통화를 감청하는 것은 물론이고 이메일까지 무단으로 열어보고 있다.

그러는 한편 친미주의 성향을 가진 인사들을 다수 포섭하여 그들로부터 고급 정보를 수집하고 있다.

대부분 고위직인지라 이들로부터 국가 기밀을 입수하는 것은 식은 죽 먹기보다 쉬울 때가 많았다.

하나의 예를 들자면, 전 공군참모총장 중 하나는 2003년부터 2010년까지 '합동군사전력목표기획서', '국방중기계획' 등 공군 전력 증강 관련 군사기밀을 12차례에 걸쳐 록히드 마틴에 넘겼다.

아무튼 존 캐리 외무장관이 이런 말을 내뱉은 것은 윤성우 장관의 태연하면서도 뻣뻣한 대응에 너무나 흥분하여 그만 속내를 드러낸 것이나 다름없다.

"기왕에 말이 나온 김에 말씀드리죠, 우린 이번 침공에 대한 대가로 그동안 일본이 강점하고 있던 진도를 회수할 생각입니다."

"진도라니요? 서해에 있는 진도를 말하는 겁니까?"

"아닙니다. 제가 말한 진도는 일본이 대마도라 부르는 섬입니다. 우리는 그 섬을 그렇게 불렀습니다."

"뭐요? 그건 엄연한 영토 침입입니다. 절대 있어선 안 될 일입니다."

"일본이 우리 영토 독도를 침범하는 건 되고요?"

슬쩍 말꼬리를 올리자 존 캐리는 얼굴이 시뻘게진다. 논리에서 밀린 것에 화가 난 모양이다.

"아무튼 한국은 그래선 안 됩니다."

"한국만 안 된다는 걸 보면 미국에게 있어 일본이 한국보다 훨씬 더 무거운가 봅니다. 이렇게 편까지 들어주는 걸 보면 말입니다."

"이보세요, 대사! 일본은 우리 미국에게 있어……."

존 캐리가 말을 이으려 할 때 윤성우 주미대사가 다시 말을 끊었다. 외교적 실례인 건 분명하지만 말 같지도 않은 걸 끝까지 들어줄 이유가 없기 때문이다.

"잠시 후 우리 정부는 일본과의 전면전을 선포할 겁니다. 미국이 끼어들지 않기를 바랍니다. 만일……."

"만일이라니요? 우리가 일본 편에 서서 참전이라도 하면 어쩌겠습니까? 한국이 하루라도 버틸까요?"

"하루요? 한번 그래보시지요. 미국은 주한미군은 물론이고 주일미군 전부와 7함대까지 잃을 겁니다. 이번 한일해전에서 F—35A가 모두 추락했다는 것을 잊지 마십시오. 우리 공군은 F—22를 결코 두려워하지 않습니다."

"……!"

"이번에 일본의 조기경보기는 아무것도 경보하지 못했습니다. 아울러 우리의 잠수함 운용 능력을 간과하지 마십시오. 미국이 일본 편에 서는 순간 조지 워싱턴호의 두 눈에 동전이 놓일 수 있습니다."

조지 워싱턴호는 미국 7함대의 기함인 최신예 항공모함이다. 그리고 두 눈에 동전이 놓인다는 것은 죽은 이들의 눈 위에 동전을 놓아주어 저승에서 노잣돈으로 쓰라는 미국의 풍습을 견준 말이다.

"뭐요?"

"아! 7함대엔 니미츠급 항모 외에도 티콘데라가급 순양함 두 척과 알레이버크급 이지스함 일곱 척, 그리고 강습상륙함 두 척, 상륙지원함 여섯 척, 잠수함 여덟 척 등이 있지요? 다 합쳐서 오십 척인가요, 육십 척인가요?"

"……!"

"이 밖에 전투기, 수송기, 정찰기, 헬기 등도 한 350대쯤 있지요? 해군과 해병대원 6만 명도 있고요."

"무엇을 말하려 하십니까?"

존 캐리는 끓어오르는 분노를 애써 누르고 있는 표정이다.

"일본 편에 서는 순간 7함대 등은 일본이 자랑하던 2함대나 3함대와 같은 신세가 될 겁니다."

"뭐요?"

"아! 흥분하지 마십시오. 이건 극비의 국가 정보인데 그간의 정이 있어 장관님에게만 특별히 말씀드립니다."

"······!"

존 캐리는 대꾸할 가치조차 없다는 듯 눈만 부릅뜬다.

"한국에서는 얼마 전 새로운 걸 하나 개발했습니다. 뭔지 궁금하시죠? 그간의 친분도 있고 하니 특별히 말씀드립니다. 그건 스텔스 미사일입니다. 어떠한 레이더에도 잡히지 않고 어떠한 교란에도 속지 않는 아주 영리한 놈입니다."

"······!"

그러고 보니 일본의 2함대와 3함대에 있던 이지스 구축함이 별다른 활약도 못하고 가장 먼저 격침되었다.

스텔스기인 F—35A도 몽땅 격추되었다.

윤성우 장관이 말대로라면 한국은 스텔스기를 감지해 낼 레이더까지 가졌다.

정말 이러하다면 7함대도 감당 못한다. 레이더로 잡아내지 못하는 미사일, 또는 어뢰를 어찌 상대하겠는가!

이지스함이 있으나마나 한 상황이다.

존 캐리는 삽시간에 등이 축축하게 젖는 느낌을 받았다. 식은땀이 솟은 것이다.

"핵무기를 쏴도 좋습니다. 기왕 쏠 거면 미국이 가진 걸 다 쏘십시오. 미국이 보유한 핵무기의 숫자가 8,217개라지요? 이 중 실전 배치된 건 3,844개이고요. 참, 호주에 있는 파인갭 기지 지하에 있는 네 발을 포함한 숫자입니다."

"……!"

존 캐리는 자신도 정확히 모르는 걸 한국대사가 구체적인 숫자와 장소를 대자 잠시 말을 잇지 못한다.

"실전 배치된 것 말고 보유한 것까지 몽땅 동원해서 쏘세요. 우리가 어떻게 요격하는지 보여드리겠습니다."

"뭐요?"

"우리 기술이 요즘 확 좋아졌습니다. 그래서 한 발이라도 한국 땅에 떨어지면 내가 손에 장을 지지지요."

"장을 지지다니요?"

미국인은 모르는 표현이기에 자세한 설명이 필요하지만 윤성우 장권은 그냥 본인의 말만 이었다.

"참, 미국이 오판할 경우 그에 상응하는 보복이 가해질 겁

니다. 워싱턴과 뉴욕에 스텔스 미사일 수백 발이 배달되면 어떤 일이 빚어질까요?'

"뭐요? 지금 어디서 감히……!"

존 캐리는 부르르 떤다. 본토를 공격하겠다는 말에 몹시 분노했음이 분명하다. 채찍질은 웬만큼 되었으니 이쯤 되면 당근이 필요하다. 그게 협상의 방식이다.

"뭐, 미국이 중립을 지켜준다면 주한미군 철수 카드는 집어넣을 수도 있습니다. 다만……."

"다만 뭡니까?"

"주둔군지위협정인 SOFA는 합리적으로 개정되어야 합니다. 또한 미군의 필요에 의해 주둔하는 것이 되므로 토지사용료를 내야 하며, 주둔에 필요한 모든 비용은 미국이 부담해야 할 겁니다. 그리고 미군이 대한민국 국민을 상대로 저지른 범죄에 대한 재판과 처벌은 우리가 합니다."

"……!"

"한미연합사는 잔존시키되 전시작전권은 당연히 우리 정부가 가집니다. 싫으면 안 해도 됩니다."

"이것 보세요, 대사!"

존 캐리는 말을 잇지 못한 채 윤성우 장관을 바라본다. 지금으로선 뭐라 할 말이 없기 때문이다.

"나는 우리 정부의 뜻을 피력했으니 이만 물러갑니다. 마음에 들지 않으면 일본 편에 서십시오. 아마도 그 결과는 미국의 완전한 파멸이 될 겁니다. 그러니 부디 현명한 판단을 내려주십시오."

"뭐요? 대사, 한국 대통령의 유고 상황이 풀리면……."

"본국에서 그러더군요. 가장 강력한 각성제로도 깨어나지 않는다고요. 뇌파를 검사한 의사는 코마 상태라고 합니다. 언제든 호흡기를 빼면 그대로 사망입니다."

이 말은 사실이 아니다.

대통령과 국무총리 등은 현재 인공호흡기 등을 쓰고는 있지만 뺀다고 해서 곧바로 사망하진 않는다.

굶겨 죽이기 위한 마법이니 당연한 일이다.

현재 대통령 등이 있는 병실엔 계엄군이 경비를 서고 있으며 주치의를 제외한 어느 누구의 접근도 차단되어 있다.

주치의 역시 타인과의 접촉이 극도로 제한되어 있다.

극성스런 기레기들과 외국에서 파견한 스파이들의 접근을 차단하기 위함이다.

"다시 말해 지금은 대통령 사망과 다름없는 완전한 유고 상태입니다. 따라서 대통령 등이 깨어나 미국 앞에 설설 길 것은 기대하지 마십시오."

"이보시오, 대사!"

"참, 우리 국민은 내가 한 말을 아주 자랑스럽게 생각할 겁니다. 무슨 소린지는 곰곰이 생각해 보십시오. 그럼 나는 이만 물러갑니다."

윤성우 대사가 자리에서 일어나 집무실 밖으로 나감에도 존 캐리는 불러 세우지 못한다. 아무래도 긴급 안보장관회의를 개최해야 할 시점인 듯싶다.

하여 백악관 직통인 핫라인을 들었다.

같은 시각, 외무장관 집무실을 벗어나 너른 복도를 걷고 있는 윤성우 주미대사의 입가엔 미소가 어려 있다.

"아유, 시원해!"

*　　　*　　　*

주한 일본대사 시게이에 도시유키는 자신을 초치한 한국 외교부장관 겸 대통령 권한대행을 노려보고 있다.

"귀국에서 어떻게 이럴 수 있단 말입니까? 우리 일본과 한국은 오랜 우호관계를 맺어온……."

"호오, 그래서 우리 영해를 무단으로 침범하여 초계함을 침몰시켰습니까? 그런 게 우호관계입니까?"

"그, 그건……."

시게이에 도시유키는 할 말이 궁색하여 잠시 머뭇거린다.

"그건 되었고, 이거 받으세요."

"뭡니까, 이건?"

정순목 권한대행이 건넨 것의 표지를 본 시게이에 도시유키의 눈이 커진다. '영토반환요구서'라 쓰여 있기 때문이다.

"뭡니까, 이건?"

"귀국이 강점하고 있는 우리 진도를 즉시 돌려달라는 외교 문서입니다. 우리 요청을 거절할 경우 응분의 대가를 치르게 될 것임을 경고합니다."

일본이 한국 외교부로 독도를 반환하라는 외교 문서를 보낸 것에 대한 대응이다.

"세상에 이런 법은 없습니다. 어떻게 우리 일본에게……."

시게이에 도시유키의 말은 중간에 잘렸다.

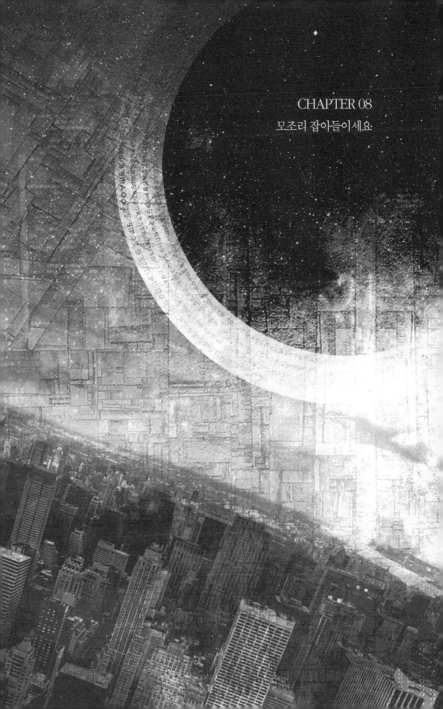

CHAPTER 08
모조리 잡아들이세요

　　"일본은 우리 영토인 독도를 늘 자신의 것이라고 우겼습니
다. 우린 진도가 우리의 것임에도 지금껏 말하지 않았습니다.
그런데 이젠 아닙니다. 즉시 반환을 요구합니다."

　　"말도 안 됩니다. 대마도는 우리 일본 땅입니다."

　　"우리의 요구가 거절되면 전면전입니다."

　　"네에?"

　　"규슈는 물론이고 본슈까지 우리 육군이 상륙할 수 있음을
경고합니다. 아울러 전쟁이 시작되면 일본이 전멸할 때까지
계속될 겁니다. 항복 따윈 받지 않습니다. 전쟁이 시작되면

세계지도에서 확실하게 일본을 지워 버릴 때까지 끝나지 않을 겁니다. 그러니 즉시 진도를 반환하십시오."

"정녕 우리 일본과의 전면적인 전쟁을 바란다는 겁니까?"

시게이에 도시유키는 몹시 열 받은 듯 얼굴이 붉게 상기되어 있다. 그러거나 말거나 정순목 권한대행은 TV 리모컨을 누른다.

"후지산, 아소산 등 일본의 모든 화산이 터졌더군요. 정신이 없을 텐데 여기에 우리 미사일이 가세하면 어떨까요? 알다시피 우린 미사일 전력이 아주 좋습니다."

"이이, 이이이……!"

"어떻게 할까요? 도쿄부터 지도에서 지워 드릴까?"

"이이, 이이이……!"

일본대사는 화면에서 시선을 떼지 못하면서도 나직한 소리를 낸다. 몹시 화가 난 듯하다. 그러거나 말거나 정순목 대통령 권한대행의 말은 이어진다.

"진도에 거주 중인 일본인 모두 즉시 소개하십시오. 곧 우리 육군이 상륙할 거니까요. 쓸데없이 반항하면 궤멸만이 남는다는 걸 명심하십시오."

"으으, 으으으……!"

"그러고 보니 세상에 많은 해악을 끼친 두 나라가 천벌을 받고 있군요. 쌤통입니다."

이스라엘에 집중적으로 떨어진 운석과 일본의 모든 화산 분화를 빗댄 말이다.

"2011년 대지진 때 우리는 귀국에 성금을 모아서 전달한 바 있습니다. 그랬더니 독도가 일본 땅이라는 내용을 교과서에 싣겠다고 발표하더군요."

"……!"

뭔 소린가 싶은지 시게이에 도시유키는 대꾸 없이 바라보고만 있다.

"일본 열도 전체가 침몰해도 한국에선 난민을 받아들이지 않습니다. 어떠한 경우에도 구원의 손길을 베풀지 않을 겁니다. 그러니 알아서 대처하십시오."

"……!"

시게이에 도시유키는 정순목 권한대행을 당장에라도 씹어 삼키고야 말겠다는 눈빛으로 바라본다.

그러거나 말거나 권한대행은 한마디 더 한다.

"전쟁이 선포되면 일본과의 국교는 물론이고 모든 조약 및 협정 등이 자동적으로 폐기됩니다. 한국 내에 들어와 있는 일본 자본은 단 한 푼도 빠져나갈 수 없을 거구요. 이를 유념하십시오. 만일 일본 정부가 재일교포들을 상대로 무력을 행사하면 우리도 국내에 체류 중인 일본인들을 상대로 똑같은 보복을 할 것임을 분명히 경고합니다."

"끄으응."

시게이에 도시유키는 혈압이 올라 죽을 지경인지 나지막한 침음을 낸다. 힘으로도 정순목 권한대행을 이길 수 없기 때문이다.

정 권한대행이 이처럼 일본의 심기를 박박 긁는 소리를 할 수 있는 것은 현수와의 통화 덕분이다.

그 내용엔 이번 한일해전에서 혁혁한 공을 세운 양만춘함과 F—15K의 비밀이 포함되어 있다.

현수가 이를 알려준 것은 현 정부의 각료 중 정순목 권한대행과 국방부장관만은 믿을 수 있다고 판단을 내린 때문이다. 대통령과 국무총리, 그리고 경제부총리 등이 권력을 쥐고 있었다면 결코 알려주지 않았을 비밀이다.

권한대행은 주미대사와의 통화에서 이를 일부 걸러내고 훈령을 내렸다. 그렇기에 윤성우 대사가 존 캐리를 상대로 그토록 당당할 수 있었던 것이다.

현수와 통화 이후 정순목 권한대행은 대통령과 국무총리 등이 깨어나지 않기를 소원했다. 깨어나는 즉시 양만춘함과 F—15K 등을 미국에 바칠 인간들이기 때문이다.

정순목 권한대행은 지시를 내려 청와대 출입기자 중 일부를 제한시켰다. 특정 언론사들을 골라 그들의 출입을 원천 봉쇄한 것이다.

이 명단에는 황색 찌라시의 두목 격인 조아일보, 동선일보 등과 권력에 빌붙어 마냥 아양만 떨어대던 지상파 방송사 SKB나 SMB, 그리고 CSB도 포함되어 있다. 그리고 TV조아나 채널 B 같은 일부 쓰레기 종편이 망라되어 있다.

이들의 공통점은 편향적인 보도를 일삼았고, 사실을 왜곡하여 일부 무지몽매한 국민을 호도하여 많은 지탄과 욕을 먹어왔다는 것이다.

대한민국은 김현수라는 걸출한 인물이 있어 바야흐로 대도약할 호기를 맞이했다. 일사불란하게 앞만 바라보며 달려야 세계를 호령할 수 있는 나라로 거듭난다.

그런데 이번에 배제시킨 언론사들을 그대로 놔두면 딴죽걸기를 일삼을 것이고, 온갖 분탕질로 국론을 분열시킬 것이 분명하다.

그러는 이유는 오로지 자신들의 존재감과 이익을 위해서일 것이다. 나라가 어떻게 되든 말든 자신들만 떵떵거리며 살면 된다는 심보의 소유자들이니 과감히 골라낸 것이다.

일본대사가 물러난 후 정순목 권한대행은 국방부장관으로부터 긴급 브리핑을 받았다.

한일전의 최종 결과와 향후 일정에 관한 것이다.

국민들은 일본을 통렬하게 깨버린 것을 너무도 시원해한다. 일본 해군 2함대와 3함대 전함들이 미사일에 피격되어 하나하나 침몰할 때마다 박수갈채를 아끼지 않았다.

이 모든 것은 과감한 작전을 지시한 정순목 권한대행의 결단 덕분이다. 그렇기에 권한대행의 전쟁 결정을 지지한다는 성명문이 이곳저곳에서 발표되는 중이다.

가장 먼저 전국의 대학생과 교수들이 지지 설명을 발표했다. 다음으로 노동조합들이 찬성의 뜻을 표했다.

많은 언론사도 이에 동참했다. 다만 청와대 출입을 제한받게 된 언론사들은 예외이다.

일본과의 전쟁이 신중치 못한 처사이며, 차후 막대한 국가적 손실이 우려되므로 즉각 일본에 사과하고 적절한 피해를 배상해야 한다는 개 같은 기사들만 보도했을 뿐이다.

덕분에 국민의 지탄을 더욱 많이 받고 있다.

어쨌거나 국민의 성원을 얻은 권한대행은 대마도 정벌은 지시했다. 준비가 갖춰지는 대로 진군하라는 명령을 받자 국방장관은 얼른 물러났다.

한반도 역사상 대마도 정벌은 세 번 실시되었다.

고려 시절인 1389년(창왕 원년)에 박위가, 1396년(태조 5년)엔 김사형이 대마도를 정벌하였다.

조선시대인 1419년(세종 원년)엔 이종무가 삼군도체찰사가 되어 대마도를 정벌한 바 있다.

모두 역사책에 생생히 기록되어 있는 일이다.

이번 대마도 정벌 역시 역사에 기록될 일이기에 이권호 국방부장관은 재빨리 물러났다.

치밀한 작전을 수립하여 아군의 피해는 최소화하는 반면 적에겐 치명타를 안기기 위함이다.

바야흐로 네 번째 대마도 정벌이 시작되려 한다. 대한민국의 영토가 조금은 늘어날 모양이다.

*   *   *

똑, 똑, 똑—!

"권한대행님, 계엄군사령관 오셨습니다."

"아, 들어오시라 하세요."

계엄군사령관은 육군 3성장군이다. 이권호 국방장관의 추천을 받아 임명했다.

권한대행은 각 군의 최고 계급인 4성장군 중에 하나를 계엄사령관에 임명하려 했는데 모두가 고사했다.

혼수상태에 빠져 있는 대통령이 의식을 찾으면 계엄군을 맡았다는 이유만으로 강제 예편될 것이라 생각한 것이다.

외교부장관 정순목이 이번 정권과는 코드가 일치하지 않는 인사라는 세간의 평판이 이런 결정을 내리게 한 것이다.

국가가 위기에 처했는데 본인의 안위만을 따지는 걸 보면 국군의 4성장군들은 모두 똥별이다.

그 결과 임문택은 3성장군이면서 4성장군들을 지휘할 수 있는 계엄군사령관 자리에 앉을 수 있게 된 것이다.

"필승! 계엄군사령관 임문택입니다."

"어서 오십시오. 앉으세요."

"네, 권한대행님."

임문택 계엄군사령관이 자리에 앉자 정 권한대행이 준비된 서류를 펼친다.

"이 언론사들에 대해 조사하십시오. 불법 및 범법 행위 전반에 걸쳐 철저히 뒤져야 합니다. 모르겠거든 인터넷으로 네티즌의 협조를 요청해도 됩니다. 네티즌수사대의 능력도 제법 좋습니다."

권한대행이 지목한 언론사는 조아일보, 동선일보 등이다. 사주는 물론이고 주필과 기자들까지 망라된 명단을 받아 든 계엄사령관은 권한대행의 내심을 묻는다.

"어떻게 하시려는 건지 물어도 되겠습니까?"

"나라를 위해 걸러낼 것은 걸러내야지요. 아! 외교적 수사인가요? 이번 기회에 사회에 도움이 안 되는 언론사는 폐간 및 폐업시킬 생각입니다. 우리 사회가 바로 서려면 언론이 건강할 필요가 있습니다."

"전적으로 동감합니다. 샅샅이 뒤지겠습니다."

임문택 사령관은 크게 고개를 끄덕인다.

그렇지 않아도 사회에 해악이나 끼치는 나쁜 언론사라는 생각을 가지고 있던 때문이다.

"그런데 어느 정도로 할까요?"

"사주를 필두로 그들과 사돈 관계를 맺고 있는 자들까지 모두 뒤지십시오. 공정치 못한 논조를 세운 주필은 물론이고 공정한 보도를 하지 않는 기자 역시 대상입니다. 현직뿐만 아니라 이미 은퇴한 자들까지 포함입니다. 모조리 교도소로 보낼 정도가 되어야 할 겁니다."

"교도소요?"

"네, 그간 해온 짓을 보면 징역형으로도 부족하지 않겠습니까? 추징할 것은 모조리 추징하여야 할 겁니다. 거지를 만들어도 좋습니다."

권한대행은 지금 대놓고 표적 수사를 지시하고 있다.

그럼에도 계엄사령관은 토를 달지 않는다. 사회의 썩은 부위를 도려내는 작업이다.

이런 땐 인권 따위를 따질 이유가 없다.

"다음은 이겁니다."

권한대행이 내민 것은 상당히 많은 이름이 적힌 명단이다.

"이건 뭡니까?"

"이건 욱일회라는 친일행위자들의 명단입니다. 국내에서

활동하는 친일파의 우두머리라 보면 됩니다. 그리고 이건 유사시 욱일회의 명을 받아 움직이는 행동대원 명단입니다. 하나도 놓치지 말고 다 잡아들이셔야 할 겁니다."

"어디서 이런 걸……?"

임문택 계엄사령관은 이런 명단이 어디에서 났는지 궁금했다. 정순목은 주로 재외공관에 있었는지라 이런 정보를 접하기 힘들다 생각한 때문이다.

"이실리프 그룹에서 제공한 명단입니다."

"아! 이실리프 그룹이요."

임문택은 대한민국 최대 기업군이 된 이실리프 그룹이라는 말에 고개를 끄덕인다.

워낙 기업 이미지가 좋아서일 것이다.

대한민국의 재벌 중에서 가장 모범적인 기업군이다.

이실리프 뱅크를 예로 들자면 팍팍한 삶을 사는 서민을 위한 은행으로 단단히 자리 잡았다.

현재 자본금 300조 원에 이르는 거대 은행으로 발돋움한 이실리프 뱅크의 신용대출 금리는 연 3%이다.

다른 금융기관에서 신용불량자로 낙인찍힌 사람이라도 갚을 능력과 의지가 있다 판단되면 즉시 대출해 준다.

참고로 일반 시중 은행에서 신분이 확실한 공무원(신용 1등급) 등에게 제공하는 신용대출 최저 금리는 연 4.6%이다.

대부분의 은행은 신용 7~10등급자의 경우는 아예 대출을 해주지 않거나 최고 금리를 받아 챙긴다.

제1금융권은 연 6.46~11.1%이다.

제2금융권이라 불리는 캐피털사들은 연 22%대이고, 제3금융권인 대부업체는 연 34.9%나 받아 챙긴다.

이실리프 뱅크는 확실히 차별되어 있다.

수시 입출금 통장의 경우 일반 시중 은행에선 잔고가 일정 금액 이하면 단 한 푼의 이자도 주지 않는다. 하지만 이실리프 뱅크에선 이런 기준 없이 연 2%의 금리를 제공한다.

당연히 서민들의 예금이 몰려들었다.

외국인 지분율이 높은 은행들은 코웃음을 쳤다. 잔고가 낮은 통장은 영업에 큰 도움이 안 된다 여긴 때문이다.

하여 이실리프 뱅크의 출현을 오히려 환영했다.

번거롭기만 하고 이익은 별로 나지 않는 찌질한 고객들을 알아서 대신 감당해 주기 때문이다.

그런데 지금은 아니다. 찌질하다 생각한 고객들이 몰려들자 수신고가 급속히 늘어났다. 티끌 모아 태산이 된 것이다.

게다가 대출자들의 연체율은 예상보다 훨씬 낮았다.

이실리프 뱅크의 연체율은 0.01%이다. 갑작스런 사고나 질병으로 인한 수입 감소, 또는 사망과 같은 정말 특별한 상황이 아니면 납입 일을 칼같이 지키기 때문이다.

참고로 시중은행의 담보대출 연체율은 3.1%이다. 수치를 단순 비교하자면 시중은행 쪽 연체율이 310배나 더 높다.

신용도가 낮은 중소기업에 대출된 것도 마찬가지이다.

이실리프 뱅크는 어려움에 처한 중소기업을 돕기 위해 그룹 각 부서에 회람을 돌렸다. 그 결과 부도 위기에 처해 있다 기적적으로 소생한 중소기업이 상당히 많다.

납품과 거의 동시에 100% 현금으로 결재해 주는 기업과 연결시켜 주는데 어찌 흥하지 않겠는가!

때에 따라 기술을 전수해 주기도 하고, 중소기업들을 묶어 보다 효율적인 생산이 가능하도록 돕기까지 한다.

계엄사령관의 친척 중 하나도 중소기업을 운영하고 있다.

자동차 회사에 전조등 및 후미등을 납품하는 회사와 거래했는데 경쟁이 치열해서 단가가 몹시 박했다.

게다가 3~6개월 후에 결재되는 어음 쪼가리를 받으니 아무리 열심히 일해도 수익이 오르지 않았다.

그러다 받은 어음이 부도나는 바람에 극심한 어려움을 겪게 되었다. 시중 은행을 돌아다니며 대출을 받으려 했지만 모두 거절당했다. 담보는 없고 신용도가 낮았기 때문이다.

마지막으로 두들긴 곳이 이실리프 뱅크이다.

방문 당일 대출 승인이 떨어졌고, 그와 동시에 계좌로 대출금이 입금되어 위기를 넘겼다.

그리고 곧바로 이실리프 모터스와 거래하게 되었다.

직접 전조등과 후미등을 제작하여 납품하게 된 것이다.

그 후로 날마다 노래를 부른다. 그렇기에 임 사령관은 이실리프 그룹에 대해 깊은 호감을 가지고 있다.

그런 회사에서 제공한 명단이라면 틀림없을 것이다.

그렇기에 욱일회 명단을 자세히 살펴보았다. 그리고 이내 이맛살을 찌푸렸다. 이름만 대면 알 수 있는 정치인, 언론인, 법조인, 학자, 고위공무원 등이 망라된 때문이다.

심지어 군인도 명단에 끼어 있다.

"이, 이게 정말입니까?"

계엄사령관은 심히 당황스러운지 말을 더듬는다.

"사실일 겁니다. 곧 이실리프 그룹에서 놈들에 대한 추가 자료를 보내준다고 합니다. 모든 증거가 완벽하게 갖춰져 있어 기소되면 100% 처벌받을 것이라 하더군요."

이실리프 정보가 정보력을 총동원하여 꼼꼼히 조사한 것이니 틀림없는 이야기이다.

"……!"

임 사령관이 생각하기에 재벌사들은 의외로 집요하다. 자그마한 실수로도 큰 손실을 입을 수 있기 때문일 것이다.

정순목 권한대행의 말이 사실이라면 욱일회 회원들에 대한 증거는 완벽하다. 그렇다면 잡아넣어야 한다.

2차 세계대전 동안 프랑스는 독일에 점령되었고, 한국은 일본에 의해 통치를 받았다.

전쟁이 끝난 후 드골 프랑스 임시정부 대통령은 나치 협력자들에 대한 방침을 다음과 같이 밝혔다.

국가가 애국적 국민에게는 상을 주고 민족 배반자나 범죄자에게는 벌을 주어야만 비로소 국민을 단결시킬 수 있다.

나치 협력자들을 방치하는 것은 국가 전체에 전염하는 흉악한 종양(腫瘍)을 그대로 두는 것과 같다.

프랑스 임시정부는 이들을 처단함에 앞서 경찰과 사법부에 대한 대대적인 숙청을 벌였다. 그리고 나치 협력자 전원을 총살시켜 과거를 확실히 정리했다.

같은 기간 동안 이승만은 친일파들을 고위직에 앉혔다. 확연하게 다른 처사였다.

과거를 확실하게 청산한 프랑스는 가뿐한 마음으로 새 출발하여 선진국이 되었다.

반면 한국은 그때 이후 지금까지 늘 시끄럽다.

권력의 수뇌부에 죽여도 시원치 않을 친일파들이 앉아 있으니 어찌 조용할 수 있겠는가!

임문택 사령관의 조부는 임정(臨政)에서 활동한 독립운동

가이다. 그렇기에 물실호기를 맞이한 느낌이다.

갈아 마셔도 시원치 않을 친일파를 모조리 잡아들일 수 있는 권력과 명단이 손에 있다.

하여 금방이라도 자리에서 일어서려 한다. 하나 그럴 수는 없다. 정순목 권한대행의 말이 이어진 때문이다.

"욱일회와 그 하수인들을 잡으면 계엄사에서 적당한 곳을 물색하여 수용토록 하세요."

"잡는 대로 검찰에 넘기는 게 아닙니까?"

"명단을 보세요. 놈들을 검거하고 처벌해야 하는 경찰과 검찰에도 친일파가 수두룩합니다."

"…그렇군요."

"따라서 놈들을 모조리 제거할 때까지는 따로 관리해야 합니다. 자칫 타초경사가 될 수 있으니까요."

"아, 그렇겠군요."

타초경사란 '풀을 건드려 뱀을 놀라게 한다' 는 말로 중의적인 말이다. 정 권한대행이 이 어휘를 쓴 건 '문제를 일으켜 화를 자초함' 을 비유한 것이다.

친일파 하나를 잡아들였는데 다른 친일파들이 놀라서 숨어버릴 수 있음을 뜻한다.

임 계엄사령관은 단번에 그 뜻을 알아들었다. 그렇기에 나직한 침음과 더불어 고개를 끄덕인 것이다.

"지시대로 하겠습니다."

"곧 사회악 명단도 입수될 겁니다."

"사회악 명단이라니요?"

"악질 사채업자나 마약 밀매범, 조폭 등 우리 사회를 좀먹는 자들을 뜻합니다."

"그자들의 명단도 작성되었다고 합니까?"

"그렇습니다. 외국인 조폭 또한 포함되어 있으니 그들을 잡아들일 땐 각별히 보안에 신경 쓰셔야 합니다."

국내엔 많은 외국인 조폭이 있다.

이들에 의해 각종 강력범죄가 일어나고 있으니 이번 기회에 깡그리 정리하려는 것이다.

"그들도 계엄사에서 수용합니까?"

"그렇습니다. 인권 따위는 따질 필요가 없으니 잘 대해줄 필요 없습니다. 딱 삼청교육대[9) 수준이면 됩니다."

국민들이 낸 세금으로 사회악을 먹이고 입히며 재우고 씻기는 비용조차 아깝다는 뜻이다.

"삼청교육대요?"

나중에 상당히 문제가 많았음이 드러난 것이다. 그렇기에 임문택 사령관은 우려 섞인 표정이다.

"그때는 자신들의 뜻에 반하는 사람들을 잡아들였지만 이

---

9) 삼청교육대 : 1980년 5월 17일 비상계엄이 발령된 직후, 국가보위비상대책위원회가 사회정화정책의 일환으로 군부대 내에 설치한 기관이며 제5공화국 전두환 정권 초기 대표적인 인권침해 사례로 꼽힌다.

번엔 아닙니다."

"…알겠습니다. 지시대로 하겠습니다."

임문택 계엄사령관은 1960년대 초반의 짬밥을 떠올렸다.

1960년대는 먹고사는 것조차 힘든 시기였으니 군대에서 제공한 식사가 풍성할 리 없다.

사회악이니 그 정도의 음식도 아깝다는 생각이 든다. 마음 같아선 두들겨 패고 밥도 주고 싶지 않다.

"일본에서 난민이 들어올 수도 있습니다. 해안 경비에 각별히 신경 써서 입국을 막으세요."

"…자칫 세계적인 지탄의 대상이 될 수도 있습니다."

"우리는 현재 일본과 전쟁 중입니다. 그리고 나는 적에게 아량을 베풀 만큼 도량이 넓지 못합니다."

임 사령관은 고개를 끄덕인다. 잠시 전쟁 중이라는 것을 망각한 것이다.

"조만간 국내에 체류 중인 일본인 전부를 추방할 수도 있으니 그것도 염두에 두고 일하십시오."

"그럼 일본과의 관계가……."

"계엄 상황이 끝나도록 대통령이 의식을 회복하지 못하면 국민투표를 실시할 겁니다. 그때 내가 내세울 공약 중 하나가 일본과의 국교 단절입니다. 이 정도면 내 의지가 얼마나 확고한지 아시겠지요?"

"알겠습니다. 이번 기회에 일본의 버르장머리를 확 뜯어고쳐 주십시오. 국민의 한 사람으로서 몹시 바라는 일입니다."

임 사령관은 정 권한대행이 몹시 마음에 든다.

이처럼 당당한 사람이 계속 대통령직에 있어야 나라가 바로 서고 나날이 발전할 것이란 생각이다.

"참, 국회의 움직임은 어떻습니까?"

"그게… 확실하지 않아 아직 보고드리지 않았습니다만 여당에서 계엄 해제를 요구하려는 움직임이 있다고 합니다."

"국회가 계엄 해제를 요구해요?"

"네, 헌법 제77조 제5항을 보면 '국회가 재적 의원 과반수의 찬성으로 계엄 해제를 요구할 때에는 대통령은 이를 해제하여야 한다' 고 규정하고 있습니다."

"이 사람들이 지금… 상황이 어떤데……."

임 계엄사령관은 권한대행의 말을 받았다.

"한일해전이 끝났으므로 즉각 비상계엄을 해제해야 한다는 논리입니다."

"흐음!"

정순목 권한대행은 잠시 눈을 감았다.

결단이 필요한 시간이라는 것을 느낀 것이다. 하지만 눈을 감고 있던 시간은 그리 길지 않다.

"국회의원 중 욱일회 회원이 상당히 많지요?"

"네, 여당 사무총장인 박인재를 비롯하여 홍신표 등 49명이 욱일회 회원 명부에 이름이 올라 있습니다. 여당 의원 3분의 1 정도가 골수 친일파인 거죠."

"명단에 오르지 않았을 뿐 나머지 중에도 친일파가 상당수 있을 수 있겠군요."

계엄사령관은 크게 고개를 끄덕인다.

"제 생각도 그렇습니다. '초록은 동색'이고 '가재는 게 편'이며, '유유상종'이니 나머지 여당 의원 중에도 상당수가 친일파일 것으로 사료됩니다."

권한대행도 고개를 끄덕여 동의를 표한다.

"참, 지금 국회가 회기 중인가요?"

"그렇습니다. 임시국회가 열려 있는 중입니다."

"흐으음!"

정 권한대행은 깊은 숨을 몰아쉰다. 국회의원을 잡아들이려 하면 보나마나 방탄 국회가 될 것이기 때문이다.

그렇다 하여 억지로 두들겨 패서 잡아들일 수는 없다.

"묘안이 필요한 상황이군요. 회기 중이라 잡아들이는 것도 여의치 않고요."

"권한대행님, 주제넘지만 한 말씀드리겠습니다."

"주제넘다니요. 말씀하십시오. 귀담아듣겠습니다."

"제가 권한대행님이라면 국회를 해산시키겠습니다. 온갖

부정부패와 연루된 자들이 정쟁이나 일삼고 있습니다. 게다가 여당 의원 3분의 1은 친일파가 확실하고, 얼마나 많은 자가 이에 동조하는지 알 수 없습니다."

"……!"

"이런 놈들에게 국민이 낸 세금으로 세비를 주는 건 너무도 아까운 일입니다. 이번 기회에 국회를 해산시키십시오. 그리고 적당한 시기에 총선을 실시하여 새로운 인물들을 뽑는 것이 좋을 것 같습니다."

"권한대행에게 그만한 권한이 있습니까?"

"제가 알기론 있습니다. 그러니 결단을 내리십시오."

정순목 권한대행은 대꾸 대신 비서실장과 직통으로 연결되는 인터폰을 든다.

통화 연결 음에 이어 대통령 비서실장이 수화기를 든다.

"네, 권한대행님."

"현재 대통령과 총리 등의 상태는 어떻습니까?"

"여전히 의식 불명 상태입니다. 뇌파검사 결과는 대통령을 비롯하여 국무총리와 경제부총리, 그리고 교육부총리와 미래창조과학부 장관 모두 코마 상태라고 합니다."

준비된 답변인 듯 정제된 느낌이다.

"코마라면 의식을 되찾을 확률이……."

"의료진은 의식을 되돌리기 위해 온갖 수단을 다 썼습니다. 그들의 의견에 따르면 현재로선 의식을 되찾을 확률이 거의 없답니다. 깨어난다 하더라도 정상이 아닐 수도 있다고 하고요."

"허어! 그것참……."

정순목 권한대행은 나직이 혀를 찬다. 그러다 문득 떠오른 생각이 있다.

"아! 교육부총리님을 찾았습니까? 어디에 있었답니까?"

"그게… 나이 어린 첩과 있었다고 합니다."

"허어! 그 사람, 개새끼였군요."

"네, 제가 생각하기에도 교육부총리는 개새끼 맞습니다."

비서실장은 굳이 편들어줄 이유가 없다는 듯한 태도이다.

CHAPTER 09
썩은 살 도려내가

"현재의 상태에 대해 국민에게 있는 그대로 발표하십시오. 권위 있는 의료진의 설명도 곁들이세요."

"알겠습니다. 지시대로 하겠습니다."

"필요하다면 병실을 공개해도 좋습니다."

"알겠습니다. 근데 잠시 후 찾아 봬도 괜찮겠습니까?"

"그렇게 하십시오."

수화기를 내려놓은 정순목 권한대행은 임문택 계엄사령관에게 시선을 준다.

"국회 해산을 선포하겠습니다. 만일의 사태를 주시하여 주십시오. 참, 국정원의 움직임도 파악하셔야 합니다."

"대통령의 수족을 자르시려는 겁니까?"

"새 술은 새 부대에 담아야지요. 이번 정부는 참으로 한심할 때가 많았습니다. 고쳐야 하지 않겠습니까?"

말 속에 담긴 뜻을 파악한 계엄사령관은 고개를 끄덕인다.

"생각보다 많은 인원이 동원되어야 할 일입니다. 조직적으로 반기를 들 수도 있으니까요."

"지금껏 일반 국민에게 행한 것을 고스란히 돌려받게 될 겁니다. 반항하면 가장 강한 방법으로 제압해도 됩니다. 아! 그렇다고 하여 죽이라는 이야긴 아닙니다."

"……!"

"2000년 이후 지금까지 벌어진 시위 진압 동영상을 보시고 그중 가장 강한 것을 그대로 따라 하시면 됩니다."

자신들의 뜻에 반하는 국민을 상대로 얼마나 무자비하게 진압했는지 이번에 톡톡히 경험하게 될 것이다.

"알겠습니다. 지시대로 만반의 준비를 갖추겠습니다. 다만 국회 해산을 선포하기 전에 제게 꼭 알려주십시오."

"당연한 말씀입니다. 그렇게 하죠."

계엄사령관이 물러난 후 대통령 비서실장이 들어온다. 그리고 말없이 사표를 내민다. 권한대행은 그 즉시 사표를 수리했다. 의식불명인 대통령은 골수 친일파의 자식이다. 그런 사람 밑에서 수발들던 이를 계속해서 쓸 이유가 없기 때문이다.

권한대행은 대통령 비서실 전원을 갈아치울 생각이다. 하여 적당한 인물을 물색하기 시작했다.

이실리프 정보에서 제공한 명단이 있기에 별로 어려운 일은 아니다.

"김현수 회장이 없었다면……. 휘유, 나라의 큰 복이었군."

권한대행은 계속해서 고개를 끄덕인다.

이실리프 정보에서 유사시를 대비하여 작성해 준 서류가 너무도 일목요연하기 때문이다.

보고서엔 정부 부처를 다음과 같이 축소시켜 놓았다.

부서명	소속기관 및 산하기관
내무부	경찰청, 해양경찰, 공정거래위원회, 통계청, 국민안전처
외무부	암행청, 정보청
재정부	국세청, 관세청, 조달청, 금융위원회, 중소기업청, 금융감독원
국방부	방위사업청, 병무청
교육부	대한체육회, 문화재청
과학기술부	기상청, 원자력안전위원회, 특허청
국토부	
법무부	검찰청, 법제처, 국가보훈처, 국민권익위원회
환경부	
보건복지부	식품의약품안전처
농림수산부	산림청, 농업진흥청
감사부	감사원

경찰과 검찰은 둘 다 독립된 수사권을 가지며, 경찰은 검찰의 하부 기관이 아니다.

감사부는 감사원의 모든 업무를 맡으며, 부정부패와 관련된 공무원을 색출해 내는 암행 공무원을 둘 수 있다.

외무부에 속한 암행청은 재외공관에서 벌어지는 비리 및 부정과 업무 태만 등을 잡아내는 기관이다.

조선시대의 암행어사와 같은 개념이라 적발된 공무원은 즉각 해임과 동시에 본국으로 송환되어 처벌받게 된다.

대사까지도 업무를 정지시킬 권한을 부여받게 된다.

자질 미달이라 판단된 재외공관원 역시 본국 송환 및 일반 부서 발령의 순서를 밟게 된다.

정보청은 국정원을 해산시키고 만들어지는 신설 행정기관으로 외무부에 속해 해외 정보만 관장한다.

국정원이 해체될 때 권력을 남용한 것으로 의심되는 자들은 전부 타 부처로 발령 낸다. 예를 들어 권력 행사가 어려운 내부문서 보관직 등이다.

이전의 대한민국의 행정기관은 2원, 17부, 5위원회, 3처, 18청으로 이루어져 있었다.

이를 대폭 축소시켜 12부로 줄이라는 것이다. 2원, 5위원회, 3처, 18청이 맡던 업무는 각부에 분장된다.

이렇게 되면 명령 계통이 명확해지며 책임 소재가 분명해진다. 뿐만 아니라 공무원 수를 대폭적으로 줄일 수 있다.

각부의 수장은 정치인이 아니라 전문성을 가진 인사가 되어야 한다.

2015년엔 중동호흡기증후군 '메르스'가 대한민국을 강타했다. 당시 주무 부처인 보건복지부장관은 의료 분야에 무지한 경제학 박사였다.

그 결과 메르스는 요원의 불길처럼 번져 나갔다. 결국 많은 사람이 목숨을 잃는 불상사가 벌어졌다.

해당 분야에 전문성이 없는 인사를 수장으로 앉혔을 때 어떤 일이 벌어지는지를 명확히 보여준 사례라 할 수 있다.

부서명	소속공사
내무부	공항공사, 지역난방공사
외무부	무역투자진흥공사, 석유공사, 무역보험공사
재정부	자산관리공사, 주택금융공사, 예금보험공사
국방부	
교육부	EBS 교육방송공사
과학기술부	전기안전공사, 가스안전공사
국토부	토지주택공사, 전력공사, 도로공사, SH공사, 건설관리공사, KORAIL
법무부	지적공사
환경부	관광공사
보건복지부	수자원공사
농림수산부	농수산식품유통공사, KT&G
감사부	

이실리프 그룹에선 그간 방만 경영으로 엄청난 채무를 발생시켜 놓고도 성과급 잔치를 벌여 국민의 지탄을 받은 공사를 모조리 해산시키길 권장했다.

아울러 경영 손실에 대한 책임을 끝까지 추궁하여 반드시 처벌할 것을 권했다.

대상은 수장부터 말단까지이며, 잘못을 범한 자에겐 구상금을 청구하고 파면하여 다시는 공직 사회에 발을 들여놓지 못하도록 해야 한다고 되어 있다.

해체되는 공사의 업무는 각 부에 분담된다.

국회 개선에 관한 의견도 있다.

먼저 의원의 숫자를 줄일 것이 권고되어 있다.

현재 299명인데 이를 국회의장을 포함해 50명으로 줄이며, 특혜를 거의 다 회수하여 명예직이 되도록 되어 있다.

아울러 겸직을 금지하여 영리 단체의 수장, 또는 특정 단체의 장 등을 맡을 수 없도록 한다.

세비는 연봉 4,800만 원으로 낮추며 보너스는 없다.

채용할 수 있는 비서관 숫자도 5급과 9급 각 한 명으로 제한한다. 국회의원의 업무 보좌는 국회행정처 소속 공무원들이 순환 보직으로 맡도록 한다.

대한민국의 국회가 썩어 문드러진 큰 이유 중 하나는 정당 때문이다. 따라서 정당법을 손질하여 어느 누구도 정당을 설립하지 못하도록 하길 권했다.

이럴 경우 현재와 같은 여당과 야당 구도가 재현되지 못하므로 소모적인 정쟁이 확연히 줄어들 것이라는 의견이다.

그리고 국회의원 개개인은 각각 국민 100만 명을 대리한 법률기관이다.

만일 어떤 의원이 소속 정당 대표의원의 지시를 받는다는 것은 그를 찍어준 국민 100만 명이 당 대표를 찍어준 국민 100만 명보다 못하다는 의미가 된다.

따라서 특정 정당에 소속되어 당 대표 등의 지시를 받는 것은 불합리한 일이다.

그리고 정당을 없애면 공천에 얽힌 금품수수가 원천적으로 방지되며, 계파라는 것이 존재할 수 없게 된다.

같은 정당 내에서의 권력 다툼 또한 원천 봉쇄되는 것이다.

국회의원 입후보 자격도 엄격히 제한하여 사기, 절도, 횡령 등의 전과자는 의원이 될 수 없도록 했다.

남자의 경우는 군필, 또는 그에 상응하는 사회봉사 기록이 있어야 입후보가 가능하다.

사회봉사 시간은 관공서에서 인정받은 것만 유효하다.

다시 말해 사립 시설, 또는 종교 시설 등에서 봉사한 시간은 인정되지 않는다.

여성의 경우에도 일정 시간 이상의 사회봉사활동이 없으

면 입후보 자격을 제한토록 한다.

사회봉사는 20세부터 40세까지 한 것만 인정한다. 훗날 꼼수를 부려 입후보하는 것을 막기 위함이다.

이렇게 국회의원의 숫자를 줄인 대신 국회행정처는 필요에 따라 각 분야에 전문적 지식과 소양을 갖춘 자문위원들을 위촉할 수 있도록 했다.

자문위원은 대개 대학교수들이 되는데 같은 분야 교수들과 학생들에 의해 매겨진 점수로 선별된다. 전문성과 더불어 인간성까지 따져 잡음이 일지 않게 하여는 의도이다.

이들을 필요한 때에만 자문은 구하는 일종의 브레인 탱크 역할을 맡는다.

"흐음, 나는 권한대행인데 이게 가능한가?"

이실리프 그룹에서 권한 내용 모두가 마음에 든다.

그런데 대통령 권한대행으로서 가능한지의 여부는 법률적인 검토가 필요하다. 하여 법전을 뒤져보았다.

다행히도 2017년 4월 국회 때 이에 대한 법이 개정되어 있다.

2015년 대통령이 해외 순방을 나섰을 때 국무총리가 자리에서 물러나는 일이 있었다. 하여 경제부총리가 권한대행을 맡아 국무회의를 주관했다.

이후 법 개정의 필요성을 느껴 다음과 같이 수정되었다.

대통령 유고 시 권한대행은 대통령의 모든 권한을 대행하며, 대통령의 유고 기간이 60일을 경과하면 국민투표를 통하여 신임 대통령을 선출하도록 한다.

국가 비상사태에 관한 법률도 개정되어 비상계엄이 선포되면 필요에 따라 국회를 해산할 수 있도록 고쳐 있다.

"흐음! 다행히 내게 결정권이 있군."

정순목 권한대행은 천군만마를 얻은 기분이다. 뜻한 바를 밀어붙일 수 있는 절호의 기회를 맞이한 때문이다.

"욱일회 명단에 있는 국회의원들을 체포한 뒤 국회를 해산하는 것이 좋겠군."

명백한 증거가 있으니 국회의원들을 잡아들이는 건 문제가 아니다. 보나마나 국민의 여론이 비등해질 것이다. 그때 국회를 해산하면 된다.

"일본에 대한 감정이 극에 달해 있으니 친일파 의원들은 간첩죄로 다스리면 되겠군. 그런데 처벌은 어디까지……."

법전을 뒤져보니 간첩죄에 관한 것은 형법 제98조에 기록되어 있다.

제98조 : ①적국을 위하여 간첩 활동을 하거나 적국의 간첩을 방조한 자는 사형, 무기, 또는 7년 이상의 징역에 처한다. ②군사

상의 기밀을 적국에 누설한 자도 전항의 형과 같다.

"흐음! 이번에 들어가면 오랫동안 못 나오겠군."

정순목 권한대행은 곧 투옥될 국회의원 49명과 다수의 새빛회 멤버를 떠올렸다.

지금까지 사회의 지도층 노릇을 하며 떵떵거리며 살았을 것이다. 게다가 갑질도 많이 했을 것이다.

그런데 이번에 감옥에 가면 오랫동안 고생할 것이다. 하지만 권한대행이 생각하는 그런 일은 일어나지 않는다.

욱일회와 유능한 일꾼 명부에 들어 있는 인물들은 모종의 장소에서 녹화를 하게 된다.

내용은 그간의 죄를 깊이 반성하며 뉘우침의 뜻으로 모든 직(職)을 내려놓음과 동시에 전 재산을 국가에 헌납하겠다는 내용을 육성으로 발표하는 녹화를 하게 된다.

그리곤 곧장 지옥도로 끌려간다.

이번엔 약간의 식량이 제공된다. 쉽게 죽을 수 없도록 하기 위함이다. 다시 말해 오래오래 고통을 겪게 된다.

민족을 반역한 자들이니 죽는 순간까지 말로 형언할 수 없는 고통에 겨워 비명과 신음을 지르게 될 것이다.

다음은 썩어빠진 공무원과 언론인, 법조인들 차례이다.

하나도 남김없이 색출하여 지옥도, 연옥도, 징벌도로 나누어 보내질 것이다. 이들의 전 재산 역시 국가에 귀속된다. 아울러 지독한 고통 속에서 몸부림치게 될 것이다.

국가와 사회에 해악이나 끼치는 놈들이니 감옥에 가둬놓고 끼니때마다 먹이고, 씻기고, 입히고, 재우는 비생산적인 일을 할 이유가 없다.

따라서 영원히 되돌아오는 일은 없을 것이다. 이들의 사체는 아나콘다나 악어의 식량이 될 것이기 때문이다.

일련의 사태는 '썩은 살 도려내기' 라는 이름으로 불리게 된다. 하지만 아는 이들은 거의 없다. 공식적이지도 않고 이실리프 그룹에서도 현수를 비롯한 몇몇만 아는 일이기 때문이다.

*   *   *

"남한의 움직임은 어때요?"

"외무부장관이 권한대행으로 움직이고 있습니다."

"도울 수 있다면 최선을 다해 돕도록 하십시오."

"네, 그렇게 지시해 두었습니다."

엄규백 대표는 이실리프 정보의 홈페이지를 통해 시시각각 올라오는 보고를 보며 대답한다.

계엄군은 현재 욱일회 및 유능한 일꾼 명부에 있는 자들을 잡아들이고 있다고 한다.

49명의 국회의원과 그들의 보좌관은 혐의를 전면 부인함은 물론이고 극렬하게 저항했다.

하지만 계엄군은 무자비한 매질로 다스렸다. 이런 놈들은 인권을 보호해 줄 이유가 없기 때문이다.

"욱일회 국회의원은 몇이나 잡아들였답니까?"

"전원입니다. 방금 전 49번째로 여당 사무총장 박인재를 잡아들였답니다. 계엄군의 전격적인 작전의 결과입니다."

"아, 다행이군요."

현수는 흡족하다는 뜻으로 고개를 끄덕이며 입을 연다.

"나머지 욱일회원 놈들은요?"

"하나하나 잡아들이는 중입니다."

"유능한 일꾼의 명부에 있는 자들도 같이 잡아들여야 합니다."

엄규백 대표는 노트북에 시선을 주며 대꾸한다.

"물론입니다. 모조리 잡아들이려 계엄군들이 대거 출동했다고 보고되어 있습니다."

"확실하고 전격적이라 좋군요. 진작 이랬어야 하는데…….
그렇죠?"

"맞습니다. 그동안의 정부는 몹시 무능했습니다."

엄규백 또한 크게 고개를 끄덕이며 웃는다.

"이제 마무리하러 내려가십시오. 정순목 권한대행께서 뜻대로 사회정의를 구현할 수 있도록 적극적으로 도와주세요."

"알겠습니다. 지시대로 하겠습니다."

엄규백 대표가 고개를 끄덕이고 있을 때 1함대 사령관 심홍수는 누군가와 통화 중이다.

"네, 네, 알겠습니다. 네, 즉각 출동합니다. 필승!"

통화를 마친 심 소장은 휘하 장교들을 소집했다. 5분 대기 조처럼 근처에서 대기 중이었는지라 금방 모여든다.

"방금 국방장관님으로부터 진도정벌작전 명령이 떨어졌다. 우리가 선봉이다. 이번에도 공을 세울 수 있도록 하라."

"필승! 한 가지 질문 있습니다."

시선을 돌려보니 고복현 소령이다.

"뭔가, 고 소령?"

"작전 명령은 지휘 계통에 따라 내려져야 하는 것 아닙니까? 해군참모총장님도 계시는데 왜 국방장관께서 직접 명령을 내리신 겁니까?"

고 소령의 의문은 당연한 것이다. 그렇기에 다른 장교들 또한 심 소장을 바라본다.

"임문택 계엄사령관께서 4성장군 전원에 대한 업무 정지 명령을 내리셨다. 아울러 우리 해군 전체에 대한 숙군[10] 작업

---

10) 숙군(肅軍) : 군의 기강을 바로잡기 위하여 군 내부의 부정과 불상사에 관련된 사람이나 내부에 잠재하는 불순분자들을 인사 조치하여 숙정(肅正)함.

이 진행되는 중이다."

"숙군이요?"

"그래, 엄숙할 숙(肅) 자를 쓰는 숙군이다. 알다시피 해군
엔 욕심만 많은 장교 및 장성들이 존재하고 있었다."

심 소장의 말에 모두가 고개를 끄덕인다.

소중히 생각하는 해군의 명예를 더럽힌 몇몇 고위 장교와
장성들에 대한 불만이 팽배해 있던 때문이다.

지난 2015년, 현역 해군 소장이 체포되는 일이 있었다.

무기 개발과 도입 정책을 총괄하여 해군참모총장에게 보
고하는 기획참모부장을 지낸 자이다.

해군에선 잠수함 대응 전력을 강화하기 위한 신형 해상작
전 헬기 도입을 추진했다. 그때 영국제 '와일드 캣'으로 결정
되었는데 비리로 얼룩진 선정이었다.

당시 와일드 캣은 개발된 실물도 없고, 체공 시간도 짧으
며, 어뢰는 한 발밖에 장착할 수 없는 것이었다.

해군이 요구한 성능에 크게 못 미친 것이다.

그런데 몇몇 해군 간부가 모여 있지도 않은 헬기로 시험 비
행한 것처럼 성적서를 만들었는데, 133개 평가 항목 모두를
충족시킨 것으로 조작하였다.

이에 관련하여 전, 현직 해군 간부 여섯 명이 구속되었다.

비슷한 시기에 1,000억 원대 국가 예산이 투입된 잠수함 도

입 사업에서도 비리가 적발되었다.

중대한 결함이 있는 잠수함을 정상으로 평가한 예비역 해군 대령이 구속 기소된 사건이다.

1,600억 원에 달하는 막대한 예산이 투입된 통영함 도입사업은 아예 비리백화점이라 불렸다.

의기 있는 장병들은 일련의 사건을 해군의 수치로 여기고 있다. 따라서 숙군 작업이 진행된다는 말에 눈을 크게 뜬다.

놀라서가 아니다. 훨씬 전에 있어야 할 일이 이제라도 실시되는 것이 반가워서이다.

"귀관들, 곧 출동이다! 준비 철저히 하도록!"

"네, 사령관님! 전체 차렷! 필승!"

"그래, 필승!"

1함대 소속 장교들이 물러나는 뒷모습을 보는 심홍수 소장의 입가엔 미소가 어려 있다. 이번 작전 또한 별 피해 없이 순조롭게 이루어질 것을 믿어 의심치 않기 때문이다.

'이종무 장군 이름 다음에 내 이름이 나오겠군. 후후후!'

위대한 것까지는 아니지만 그래도 역사 교과서에 이름이 실린다는 건 영광스럽다. 후손들이 느낄 자랑스러움을 떠올린 심 소장은 고개를 끄덕인다.

'김 회장, 고맙네. 이 모든 게 자네 덕분이네.'

현수가 북한을 통치하게 되었다는 것은 몇몇만 아는 비밀이다. 인터넷에서 루머처럼 떠돌기는 하지만 이를 믿는 이는 별로 없다. 북한이 어떤 나라인지 너무도 잘 알기 때문이다.

*　　*　　*

"흐음! 이제 대강 준비가 된 건가? 그나저나 미국 놈들, 정말 못쓰겠군."

현수는 지구 시간으로 2018년 7월 8일에 세계수가 있던 토들레아 일족의 영토에서 지구로 차원 이동을 했다.

아르센 대륙의 날짜로는 2859년 6월 7일의 일이다.

그 후 너무나 많은 일이 일어났다.

북한의 수뇌부에게 마법을 걸어 한반도 북쪽을 이실리프 왕국으로 삼았다.

그리곤 신격화 작업의 일환으로 터번스 토리안 백작의 저택을 청암동 공터에 내려놓고 다물궁이라 이름 지었다.

김정은을 위해 존재하던 호위총국은 이실리프 왕궁 근위사령부로 명칭이 변경되었다.

곧이어 대한민국의 국적을 포기했다. 그리고 대통령과 만나 북한에 중대한 변화가 발생되었음을 고지했다.

그 후 이실리프 우주항공을 방문하여 이실리프호를 우주로 올리는 작업에 매진했다. 그 결과 이실리프호는 현재 원하는 궤도에 정확히 안착되어 있는 상태이다.

다음엔 아와사 자치령으로 가서 개발 상태를 둘러보았다. 아와사 호수가 보이는 언덕 위에 지어진 이실리프궁에서 지현과 더불어 뜨거운 밤은 보낸 것은 보너스이다.

지현이 행정수반의 일을 맡고 있는데 전성운 검찰총장에게 맡길 것을 고려하였다.

이러는 동안 휴전선에 배치되어 있던 거의 모든 병력이 지나와의 국경지대로 이동했다.

이들에겐 안주 기계공업단지에서 제작한 쏘면 맞는 제식 소총 J—1이 지급되고 있다.

아울러 유사시 지나의 전차들을 작살낼 Y—1 전차도 보급되는 중이다. 이것은 명실상부한 세계 최고의 성능을 갖추고 있다.

눈에 보이지도 않고 레이더에 잡히지도 않으며, 열 추적과 적외선 추적도 불가능하다.

최대 속도는 시속 140㎞이며, 항속 거리는 무려 10,000㎞에 달한다. 수심 20m인 강을 만나도 능히 잠수 도하가 가능하다. 이것은 자동으로 장전되는 탄약만 400발이고, 발사 속도는 분당 40발이나 된다.

지나가 제아무리 전차를 잘 만든다 해도 100㎝ 전면장갑도 뚫는 이것으로부터 안전할 수는 없을 것이다.

I—1 보병전투장갑차도 보급되는 중이다. 시속 140㎞로 달릴 수 있으며, 항속 거리 10,000㎞, 수상 운항 시속 30㎞이니 이것 역시 세계 최고 성능을 지닌 전투장갑차이다.

대전차 미사일 20발과 지대공 중거리 미사일 20기가 장착되어 적의 전차와 헬기 각 20대씩을 제거할 전력이다.

자주포 T—1도 빼놓을 수 없다.

자동 표적 추적 및 자동 조준, 자동 발사되는 이것의 최대 사거리는 무려 200㎞에 달한다. 이 정도면 거의 미사일이다.

이 모든 것이 완전하게 배치되면 지나 최강 전력을 가진 북경 군구와 붙어도 지지는 않을 것이다.

뿐만이 아니다. 네 기의 우주전함이 제작되는 중이다.

반둔두와 비날리아 자치령은 연희함, 아와사 자치령은 지현함, 러시아 자치령은 이리냐함, 몽골은 테리나함이 안전을 책임질 것이다.

당분간은 이실리프함이 한반도 전체를 아우르지만 설화함이 추가되면 한반도 북쪽을 담당하게 될 것이다.

이실리프호를 만들어본 경험이 있기에 추가로 제작되는 데 걸리는 시간은 그리 길지 않을 것이다.

아와사 자치령을 떠나 곧바로 러시아 자치령을 둘러보았다. 모든 게 순조롭게 진행되는 중이라는 보고를 받았다.

그다음으로 몽골 자치령을 방문했다.

이곳 역시 몽골의 전 대통령인 남바린 엥흐바야르 행정수반의 지휘하에 순조롭게 개발이 진행되는 중이다.

케룰렌 강변 언덕 위에 독일의 노이슈반슈타인성과 흡사한 해모수성도 둘러보았다.

비슷한 시기에 이스라엘은 인구 밀집 지역인 가자지구를 폭격했는데 백린탄을 사용했다. 그리고 시리아와 레바논 접경지대의 학교와 병원을 폭격하는 만행을 저질렀다.

동시에 시리아의 수도 다마스쿠스 동부의 시가지 한복판에 자리 잡은 학교 건물도 공급했다. 그 결과 국경 없는 의사회가 운영하던 간이병원은 산산조각이 났다.

이 소식을 접한 후 곧바로 이실리프호로 명령문을 전송했다. 이스라엘의 모든 수뇌부를 제거함과 동시에 군사력 또한 말살시킬 수 있는 운석 공격을 지시한 것이다.

몽골을 떠난 후엔 다시 북한으로 돌아갔다.

다스리게 될 백성들이 너무도 피폐한 삶을 살고 있음을 알기에 어떻게든 개선해 주기 위해서이다.

하여 주택 400만 호 건설을 지시했다. 이에 앞서 건축 자재를 제작하기 위한 공장부터 건설하기로 했다.

안주 기계공업단지와 숙천 유전을 둘러본 후 황해북도 곡산군과 함경남도 부전군에 핵융합발전소를 건설하도록 했다.

이날 반 일본 해군이 독도를 도모했다.

그 결과 2함대와 3함대가 박살 났고, 많은 전투기와 잠수함, 대잠초계기가 산화되었다. 공중급유기와 조기경보기도 떨어져 일본은 현재 초상집 분위기이다.

현수는 친일파의 자식인 대통령이 독도를 일본에 헌납하려는 움직임을 보이자 곧장 텔레포트하여 딥 코마 마법으로 제압했다.

국무총리와 경제부총리, 교육부총리와 미래창조과학부장관 역시 같은 마법에 걸려들었다. 이 밖에 경제부총리와 음모를 꾸미던 썩어빠진 검사들 몇도 혼수상태이다.

이들은 영원히 눈을 뜨지 못할 것이다. 현수에게 마법을 캔슬할 마음이 전혀 없기 때문이다.

그 결과 대한민국은 현재 외교부장관인 정순목이 대통령 권한대행을 맡고 있다.

이권호 국방부장관은 일본에서 대마도라 부르는 진도를 점령할 작전 계획을 수립하는 중이고, 임문택 계엄사령관은 욱일회와 유능한 일꾼 명부에 있는 자들을 잡아들이고 있다.

뿐만 아니라 이실리프 정보에서 작성한 사회악 명단에 있는 자들 역시 체포하는 중이다.

같은 기간 동안 현수는 이곳저곳을 돌아다녔다.

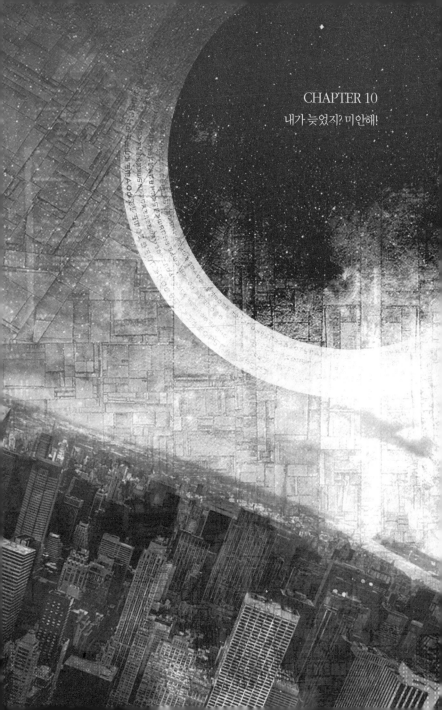

CHAPTER 10
내가 늦었지? 미안해!

지나는 미국, 러시아와 함께 세계 3대 핵전력을 가졌다.

약 12만 명의 병력이 배치된 핵미사일 부대인 '제2포병부대'는 핵탄두 탑재가 가능한 탄도미사일 1,500∼2,000기를 보유한 것으로 파악되고 있다.

이 중 100기 정도는 미국과 러시아 전역을 타격할 수 있는 대륙간탄도미사일[ICBM]이다.

군사전문가들은 지나가 130기의 핵탄두 탑재 탄도미사일, 40기의 핵탄두 탑재 잠수함 발사 탄도미사일(SLBM), 150∼350기의 핵탄두 탑재 순항미사일 등을 가졌다고 말한다.

이 밖에 수십 발의 핵탄두를 탑재한 전략 폭격기도 배치한 것으로 추정하고 있다.

지나의 핵전력에 대한 이런 수치는 가장 보수적인 분석으로, 앞으로 최대 1만.개의 핵탄두를 보유할 것이라는 추정도 하고 있다.

현수는 국안부와 내각조사처에서 얻은 정보에 따라 여러 핵미사일 발사 기지들을 돌아다녔다.

그리고 난 후 주한미군 기지가 있는 평택을 찾았다.

출입이 엄격히 제한된 곳이 있어 호기심에 들어가 보았는데 사람들이 알면 깜짝 놀랄 실험이 진행되고 있다.

2015년 봄, 미군이 오산 공군기지에 살아 있는 탄저균을 반입하여 실험하던 것이 탄로 났다.

'주피터 프로그램[11]'이라는 것의 일환이다.

이것은 2013년부터 북한 생물학무기 공격에 대한 방어 목적이라는 미명하에 만들어진 것이다.

용산 65의무연대와 오산 51의무전대, 그리고 충남에 소재한 미 육군공중보건국 산하 환경실험실에서 실시되었다.

탄저균에 의한 탄저병에 감염되면 발병 후 24시간 이내에 항생제를 다량 복용하지 않으면 80% 이상 사망한다.

마야, 잉카, 아즈텍 문명을 멸망시킨 천연두의 사망률이

---

11) 주피터(JUPITR) : Joint USFK Portal & Integrated Threat Recognition의 이니셜. 합동주한미군 포털 및 통합 위협 인식.

30%라는 것을 감안하면 매우 높은 치사율이다.

만일 탄저균 100kg을 대도시 상공 위에서 저공비행하며 살포하면 300만 명을 죽일 수도 있다.

이는 1메가톤급 수소폭탄과 맞먹는 살상 규모이다.

수년간 이런 탄저균을 반입하면서도 한국 정부에겐 아무런 통보도 없었다. 그야말로 오만의 극치이다.

일련의 만행이 언론에 공개되자 미군은 잽싸게 시인하고 사과했으며, 같은 일이 반복되지 않도록 확실한 조치를 취하겠다고 약속했다.

그런데 현수가 방문한 출입 제한 구역에선 주피터 프로그램이 여전히 진행 중이었다.

게다가 탄저균보다 10만 배나 독성이 강한 '보툴리눔'까지 들여와 실험 중이었다.

보툴리눔 독소는 식중독을 일으키는 균 가운데 하나인 보툴리눔 균에서 추출한 맹독 성분으로 인체의 신경 계통 마비를 유발한다. 이 독소 1g으로 100만 명을 사망시킬 수 있다

이것들을 무기화하는 연구가 진행됨을 알게 된 현수는 솟아오르는 분노를 참을 수 없었다. 하여 연구동과 부속 건물들에 여섯 번의 헬 파이어를 구현시켰다.

10서클 대마법사의 분노 섞인 헬 파이어는 거의 핵폭탄에 버금갈 화력을 가졌다.

그 결과 모조리 불태워졌다. 온갖 종류의 바이러스는 물론이고 연구하던 자들과 경계 근무 중이던 놈들까지 모조리 죽었다. 그간의 연구 성과 역시 모조리 재가 되었다.

이렇게 하고도 분노가 풀리지 않은 현수는 기지 내의 모든 무기고와 탄약고를 털었다. 그리고 험비는 물론이고 장갑차와 전차, 그리고 헬기까지 모조리 아공간에 담았다.

승용차와 버스도 눈에 띄는 대로 담아버렸다.

한국 땅에서 한국 사람들을 속이는 짓이나 해대는 놈들은 차를 타고 다닐 자격도 없다 생각한 것이다.

투명은신마법이 구현된 상태인지라 상당히 많은 CCTV가 있었지만 누가 가져갔는지 알 수 없을 것이다.

다음으로 오산 미군기지를 방문하여 그곳의 무기고와 탄약고도 깨끗하게 비웠으며, 전투기 등은 아공간에 담았다.

그제야 조금 누그러진 현수는 백화원 영빈관으로 되돌아왔다. 어떻게 알았는지 MD 앤더슨과 메이요, 존스홉킨스 병원 사람들이 면담 신청을 했다고 한다.

기적의 신약 미라힐 시리즈를 원하거나 모든 병원이 손을 놓은 말기 암환자 등을 치료한 것에 대한 궁금증을 풀기 위함일 것이다.

현재 북경에 머물고 있으며 허락만 떨어지면 즉시 입국하겠다고 한다. 그런데 모두 다 미국인이다.

심기가 불편한 현수는 이들의 면담 요청을 모조리 무시했을 뿐만 아니라 휴전선 이북에 머물고 있는 모든 외국인에 대한 추방령을 내렸다.

북한이라는 국가 자체가 소멸되었으므로 각국과 맺은 외교 관계 역시 사라졌음을 각국에 통보하고 즉시 출국을 요구한 것이다. 다만 러시아인은 예외로 했다.

이실리프 왕국은 다른 나라와의 교역이 없어도 자립할 수 있다. 식량, 연료 등 생필품의 조달이 자체적으로 해결되므로 굳이 다른 나라와 관계를 맺을 필요가 없는 것이다.

다만 콩고민주공화국, 에티오피아, 몽골, 러시아는 예외이다. 각국 영토에 소재한 이실리프 왕국으로 드나들기 위해선 그들의 영토, 또는 영공을 통과하여야 하기 때문이다.

대한민국 또한 예외이다.

이실리프 왕국은 당분간 이들 다섯 나라 이외엔 국교 관계를 수립할 계획이 없다. 그러니 영토 내의 모든 외국인에 대한 추방령을 내린 것이다. 출국 기한은 한 달이다. 그 안에 모든 것을 정리하고 떠나야 한다.

*   *   *

"괜찮으세요?"

설화가 우려 섞인 표정으로 바라본다. 현수가 왠지 딱딱하다는 느낌이 든 때문이다.

"그럼. 난 늘 괜찮아."

현수는 고개를 끄덕여 주었다. 그리곤 창밖을 바라보려다 달력이 시선이 닿았다.

"오늘 며칠이지?"

"8월 14일이요."

"뭐? 8월 14일? 벌써 그렇게 되었어?"

"네, 2018년 8월 14일 화요일이에요."

그동안 바빠서 달력을 보지 못했다. 그런데 마지막 차원이동 후 한 달을 훌쩍 넘긴 것이다.

"이런! 끄응!"

아르센 대륙에서 기다리고 있을 사람들을 생각하니 아찔하다. 뭐라 핑계를 대야 할지 난감하다.

현수는 부랴부랴 차원이동 준비를 했다.

설화가 옆에서 뭐라 쫑알거렸지만 귀에 들어오지 않아 대꾸하지 않았다.

시간이 꽤 흘렀지만 마인트 대륙의 흑마법사들에게 당한 것을 잊지 않았다. 따라서 이번에 가면 원수를 갚아야 하기에 준비할 것이 상당히 많았기 때문이다.

설화마저 잠든 깊은 밤이 되자 의복을 갈아입었다.

이제부턴 이실리프 마탑주이자 이실리프 왕국의 국왕으로 활동해야 하기 때문이다.

"마나여, 나를 아르센으로! 트랜스퍼 디멘션!"

샤르르르르르릉―!

전능의 팔찌에서 푸르스름한 빛이 나는가 싶더니 이내 현수의 신형이 안개처럼 흩어진다. 그와 동시에 지구의 질량이 약간 변한다. 약 77kg이 줄어든 것이다.

* * *

"흐음! 여긴 역시!"

공기의 질 자체가 다름을 늘 느끼지만 이번엔 더욱 그러하다. 계산대로라면 오늘은 7월 13일일 것이다.

초록이 우거지다 못해 검게 보일 정도로 수목의 생장이 확연히 다르다.

따라서 식물이 뿜어내는 피톤치드의 양도 많다.

현수가 당도한 곳은 아르센 대륙 남쪽에 위치한 이실리프 왕국의 여러 섬 중 가장 큰 코리아도이다.

"다들 잘 있겠지? 그나저나 얼마나 바뀌었을까?"

플라이 마법으로 몸을 띄운 현수는 코리아도를 비롯한 59개 섬을 두루 돌아보았다.

파이렛 군도라 불릴 때와는 사뭇 다른 풍경이다.

전에는 울창한 정글과 미친년 머리카락처럼 너저분하고 무성하게 자란 수풀, 그리고 여기저기 널려 있던 무질서한 마을뿐이었다. 여기에 하나를 더 꼽으라면 수백 년간 아무렇게나 가져다 버린 쓰레기더미가 있었다는 것이다.

지금은 그런 걸 찾아볼 수 없다.

반듯반듯하면서도 사통팔달한 도로와 질서 있게 지어진 주택들, 그리고 널찍한 농지가 인상적이다.

곳곳에 공동 사육장도 있다. 안을 들여다보니 지구로 치면 닭이나 돼지, 소나 양 같은 동물들이 있다.

수풀이 자라지 못하는 바위지대엔 바싹 마른 나무가 산더미처럼 쌓여 있다.

"아! 내가 펠릿의 원료가 될 폐목들을 모아놓으라 했지? 그런데 정말 많이도 모아놓았네."

어차피 가져갈 것인지라 보이는 족족 아공간에 담았다. 그런데 그 양이 어마어마하다.

코리아도는 제주도만 한 섬이다.

이 큰 섬의 중심부는 거의 전부가 사람이 헤치고 지나가기에도 힘들 만큼 빽빽한 정글이다. 그래서 해변에만 해적들의 마을이 있었다. 그런데 그것들 대부분이 벌목되어 있으니 얼마나 많겠는가!

게다가 이곳은 열대기후이다.

매년 상당히 많은 나무와 풀이 자라난다. 그것들을 다 베어 내서 쌓아두었다. 그러니 많은 게 당연하다.

"휴우! 이걸 언제 다……. 그래도 뭐 다다익선이니까. 아공간 오픈! 입고!"

지난번에 이곳을 떠나기 전 4서클 마법사 하리먼에게 약 300페이지짜리 개발지침서를 주고 떠났다.

섬들을 어떻게 개발할지 청사진을 그려준 것이다.

그 내용 중 하나는 펠릿의 원료가 될 폐목 등을 최대한 많이 모아놓으라는 것이었다.

그래서 그런지 정말 어마어마한 양이다.

정확한 양은 알 수 없지만 추측하건대 50톤짜리 대형 덤프트럭 300만 대가 와도 다 실을 수 없을 정도로 많다.

코리아도 하나에서 수거한 양이 이 정도이니 나머지 58개 섬의 것을 다 합치면 얼마나 많겠는가!

이실리프 군도는 제주도만 한 섬 세 개와 거제도 크기의 섬 20개, 그리고 진도만 한 것이 36개가 있다.

이것들의 전체 면적을 다 합치면 약 2만 6,000㎢로 경기도 전체 면적의 약 2.5배에 달한다.

그러니 얼마나 많은 폐목이 쌓여 있겠는가!

50톤짜리 덤프트럭 1억 대는 있어야 간신히 처리할 만큼

어마어마하다.

이실리프 군도에는 겨울이란 계절이 없다. 따라서 난방에 필요한 화목이 필요 없다.

음식을 조리할 때에도 나무를 쓰지 않는다. 파이어 마법진을 이용한 일종의 매직렌지를 사용하기 때문이다.

화재로 인한 재해 발생을 고려한 배려이다. 그렇기에 쌓아놓은 것을 모조리 아공간에 담은 것이다.

이러는 동안 빌모아 일족의 손길이 닿은 유려하면서도 견고한 건축물들을 볼 수 있었다.

바실리와 타지마할, 그리고 파빌리온과 루드비히이다.

자꾸 짓다 보니 실력이 늘었는지 지구의 그것보다 더 크고 화려하다. 이것들은 각각의 섬을 다스리도록 파견된 자들의 집무실과 거처로 쓰일 건물들이다.

이것 이외에 경치 좋은 곳마다 그럴듯한 건물들이 지어져 있다. 국왕의 휴식처로 사용될 일종의 리조트이다.

오가며 세어보니 약 200여 개나 된다.

왕가에서 쓴다 하더라도 너무나 많은 숫자인데 그만큼 경치 좋은 곳이 많았기 때문이다.

이실리프 군도의 중심인 코리아도엔 한옥단지가 그럴듯하게 지어져 있다. 이실리프 군도를 다스릴 국왕 하인스 멀린 킴 드 셰울과 왕비들이 기거할 법궁이다.

그래서 그런지 규모가 어마어마하다.

상당히 많은 전각이 지어져 있는데 한옥에 대한 이해도가 훨씬 높아졌음을 한눈에 느낄 수 있었다.

그런데 주인이 없어서 그런지 안은 한산했다.

관리하는 자들은 있었는데 매일매일 무성하게 자라나는 풀을 베어내는 작업을 하고 있었다.

입구엔 갑옷을 걸친 수문위병 하나가 서 있고, 정문 안쪽 초소엔 한 명의 기사와 다섯 명의 병사가 근무 중이다.

그런데 더워서 그런지 삐질삐질 땀을 흘리고 있다.

현수는 일부러 한옥단지 앞에 쭉 뻗어 있는 포장도로 끝에 서부터 문 앞으로 다가갔다.

도로 좌우에 있는 건물들을 살피기 위함이다.

보아하니 대로 좌우의 건물 대부분이 관공서이다. 상당히 많은 사람이 분주히 오가며 열심히 일하고 있다.

흐뭇한 마음으로 법궁 정문에 다가서니 수문위병이 들고 있던 할버드를 앞으로 내민다.

"멈추십시오! 이곳은 국왕폐하께서 머무시는 왕궁입니다! 무슨 용무로 찾아오셨습니까?"

현수의 경험으론 왕궁 앞을 지키는 수문위병 대부분은 시건방지거나 고압적이다. 남의 권세를 빌려 허세를 부림을 일컫는 호가호위(狐假虎威)의 전형적인 모습이었다.

그런데 이 수문위병은 전혀 그렇지 않다. 상대가 C급 용병 차림임에도 아주 정중하다.

자신의 왕궁이기에 현수는 괜스레 기분이 좋았다.

"수고가 많군. 나는 국왕이네."

"네? 누, 누구시라고요? 구, 국왕전하, 아니, 국왕폐하이시라고요? 저, 정말이십니까?"

이실리프 왕국엔 국왕이 평범한 차림으로 돌아다니는 것을 좋아한다는 소문이 번져 있다. 그렇기에 허름하다 할 수 있는 모습임에도 얼른 자세를 바로 한다.

"그렇다네. 내가 국왕이네. 더운데 수고가 많네."

"헉! 추, 추, 추, 충성! 그, 근무 중 이상 무!"

"그래, 그런 것 같군. 자네 이름은 뭔가?"

"네? 소, 소, 소인의 이름은… 소인의 이름은… 이름은… 죄송합니다. 잊었습니다. 죄송합니다."

한국으로 치면 경계 근무를 서던 이병이나 일병이 불쑥 찾아온 대통령을 만난 것이나 다름없다.

모르긴 몰라도 지금 이 순간 수문위병의 심장은 더할 수 없이 빨리 뛸 것이고 호흡조차 곤란할 것이다.

"흐음! 날도 더운데 갑옷을 입고 있어 땀이 많이 나는 모양이군. 아이스 포그!"

샤르르르릉―!

마법이 구현되자 그 즉시 주변 공기가 서늘해진다. 그러자 수문위병이 걸치고 있는 갑옷에 물방울이 맺힌다.

공기가 이슬점 이하로 냉각됨과 동시에 포화 상태가 되어 수증기가 물방울로 맺힌 것이다.

"……!"

수문위병은 전신에서 느껴지는 시원함에 눈을 크게 뜬다.

"가, 감사합니다! 죽도록 충성하겠습니다, 폐하!"

"하하! 그러게. 그나저나 잠깐만."

"네?"

수문위병이 무슨 뜻이냐는 듯 눈을 크게 뜰 때 현수는 아공간을 열었다. 그리곤 항온마법진을 꺼내 갑옷 뒤쪽에 부착시켰다.

"이젠 덥지 않을 것이네. 그나저나 누가 쳐들어온다고 갑옷을 입고 있나?"

"그, 그건… 그건… 죄송합니다. 잊었습니다. 참, 제 이름은 제롬입니다, 폐하!"

"그래, 제롬. 앞으론 갑옷을 안 입어도 되네. 이곳으로 쳐들어올 간 큰 사람은 없을 테니 말이네."

적어도 아르센 대륙에선 이실리프 마탑주와 적대하길 바라는 인물은 없다. 뒷골목 깡패들은 물론이고 마음씨 고약한 귀족들도 마찬가지이다.

드러내 놓고 반감을 표시했다간 마법사와 기사들로부터 집단 린치를 당하고도 남기 때문이다.

따라서 이실리프 왕국은 유사시를 대비한 무장이 전혀 필요 없는 유일한 국가이다.

"네, 명심하겠습니다, 폐하! 참, 제 이름은 제롬입니다."

제롬은 정신이 하나도 없는 듯하다. 방금 전 한 말을 또 한다. 이럴 땐 얼른 사라지는 게 도와주는 것이다.

"제롬! 이름 좋군. 그나저나 안에 하리먼 있는가?"

"하, 하리먼이라면 초, 총리님 말씀이십니까?"

"그래, 우리 이실리프 왕국의 초대 총리 맞네."

"총리님은 현재 저기 저 관저에 계실 겁니다. 폐하께서 오셨다고 말씀드릴까요? 제가 후딱 다녀오겠습니다."

말만 떨어지면 정말 달려갈 기세이다.

"하하, 아닐세, 아니야. 자넨 그냥 근무나 서게."

"명령대로 하겠습니다, 폐하! 참, 제 이름은 제롬입니다."

"알겠네, 제롬! 내 자네의 이름을 꼭 기억하겠네."

"감사합니다. 무상의 영광이옵니다, 폐하!"

수없이 고개를 끄덕이는 제롬을 뒤로하고 길을 따라 걷는 현수의 입가엔 미소가 배어 있다.

제롬의 모습이 웃겼던 것이다.

"하리먼, 국왕이네. 지금 즉시 궁으로 오게."

마나에 의지를 실어 보내곤 한옥단지를 둘러보았다.

경회루, 근정전, 천추전, 조화전처럼 큰 건물도 많지만 아담한 사이즈의 건물도 많다.

그중 하나를 열고 들어가 보니 작업지시서에 명기한 대로 공간 구획을 아주 잘해놓았다.

현수가 들어간 곳은 왕비의 수발을 들어줄 시녀들이 머물 공간이다.

시녀 1인에게 주어지는 바닥 면적은 대략 20평이다. 두 개의 방과 하나의 다용도실로 꾸며져 있다.

더운 곳인지라 건축물의 높이가 있어 복층 구조로 꾸며졌기에 제법 널찍한 다락방도 있다.

각자의 처소와 처소 사이엔 욕실과 화장실, 그리고 간이 주방이 갖춰져 있다. 두 사람이 공동으로 사용한다.

겉은 한옥인데 내부는 현대식 구조로 되어 있다.

"괜찮군. 빌보아 일족이 고생했겠어."

화장실과 욕실은 지구처럼 도기 세트를 쓰는 것은 아니다. 아직 그런 걸 만들 만한 기술이 없기 때문이다.

대신 마법으로 모든 것을 해결했다.

상하수도는 현수가 그려준 도면에 따라 파이프를 제작했다. 건축물까지는 진흙을 구워 빚어낸 토관이다.

연결 부위는 씰 마법으로 수밀이 되도록 했다.

건물 내부는 갈대처럼 생긴 식물의 줄기를 장어처럼 생긴 물고기의 껍질로 감싼 파이프이다. 수도꼭지는 빌모아 일족과 마법사들의 협조하에 만들어졌다.

변기엔 정화 마법이 적용되었고, 매일 궁궐 외곽 분뇨처리장으로 가져가 퇴비화해 유기농 비료도 쓴다.

간이 주방엔 화재 발생을 염두에 매직렌지를 설치했다.

이런저런 세심한 고려와 배려 속에서 설계되고 지어진 건물들은 눈으로 보기에도 견고해서 현수를 기분 좋게 했다.

천천히 걸어 중심이 되는 건물로 들어가 보았다.

국왕으로서 신하들과 함께 정사를 돌보는 건물은 경회루처럼 지어져 있다.

바닥은 석재이고 국왕을 위한 멋진 테이블과 신하들을 위한 테이블들이 질서정연하게 진설되어 있다.

"이게 옥좌인가?"

현수가 나직이 중얼거리자 누군가 대답한다.

"네, 폐하. 참으로 오랜만에 알현하옵니다. 신 하리먼, 국왕폐하를 다시 뵙게 되어 무상의 광영이옵니다."

"아! 하리먼!"

뒤를 돌아보니 바깥으로부터 여러 사람이 들어서고 있다.

내무대신 컬리와 군부대신 로드젠, 그리고 시녀장 라이사 등이다.

"폐하를 알현하옵니다."

"다시 뵙게 되어 참으로 반갑사옵니다."

"폐하, 그간 강녕하셨는지요?'

모두의 인사를 받은 현수는 빙그레 웃음 지었다.

"다들 잘 있었나 보군. 건강해 보여 다행이야."

"폐하, 이번엔 어디 가시지 말고 오래오래 계시옵소서."

"폐하가 안 계셔서 나라가 텅 빈 것 같았사옵니다."

"네, 그 자리에서 저희를 잘 영도하여 주세요."

모두들 한마디씩 하는데 다들 걱정 많이 했다는 눈빛이다. 바다 건너 이곳까지 소문이 번진 결과이다.

인사를 받고 있는데 뒤쪽에서 또 다른 인물들이 헐레벌떡 다가온다.

미판테 왕국의 옛 수도 에른에 당도했을 때 만난 소년 카시발과 루시가 선두에 있다. 각각 15세와 16세가 되어 있다.

미판테 왕국의 변경백 중 하나인 스트마르크 백작의 아들이자 창공기사단 소속 기사 하인스와 그를 연모하던 실비아도 달려오고 있다.

에드몬드 지안 반 루이체 백작의 작은아들 왈로드 역시 일행 중에 끼어 있다.

호마린 영지의 영주 에드워드 코린 반 호마린 자작의 아들 스미든 코린 반 호마린도 달려온다.

헥사곤 오브 이실리프에 머물 때 경비단장으로부터 현수의 제자로 오인받았던 로스톤 팔머 드 홀로렌도 보인다.

"폐하, 이토록 오랜만에……."

"폐하, 신 하인스 후안 반 스트마르크가 폐하의 존체를 뵈옵니다. 그간 강녕하셨는지요?"

"폐하, 신 왈로드 지안 반 루이체 역시……."

"신 스미든 코린 반 호마린……."

"로스톤 팔머 드 홀로렌이 위대하신……."

모두가 한마디씩 하여 잠시 소란스러웠다.

다시 보니 모두가 반가운 얼굴들이다. 하여 한마디 하려는데 또 누가 들어선다.

"고모부!"

카이로시아의 조카 이냐시오 에델만 드 로이어가 후다닥 달려든다. 그의 곁에는 아드리안 왕국 최남단 영지 콘트라에서 온 피터 그루 폰 콘트라와 유모 엠마가 있다.

또한 스트마르크 영지로부터 500㎞ 떨어진 영지, 원래 몬스터 해비탯이라 불리던 곳에서 구해준 세실리아가 있다.

"스승님, 정말……."

피터가 뭐라 한마디 하려는데 세실리아가 끼어든다.

"세실리아가 위대하신 분을 알현하옵니다. 존체 강녕하셨는지요?"

현수는 잠시 모두의 인사를 받아주었다. 그리곤 하나하나를 바라보며 입을 열었다.

"하리먼, 5서클이 되었군. 감축하네."

"모든 것이 폐하의 은덕이옵니다. 이제라도 인사를 드릴 수 있어 참으로 감격스럽습니다."

"그래, 잘되었네. 근데 카시발을 제자로 거두었는가?"

카시발이 하리먼의 로브를 잡고 서 있기에 물은 말이다.

"네, 카시발이 마법에 재능이 있는 듯하여 미천한 신이 제자로 거두었사옵니다."

"그래? 잘되었군. 카시발, 스승님 말씀 잘 듣거라."

"네, 폐하!"

카시발은 청년이 다 되었고, 루시는 피어나는 꽃같이 아름다운 처녀가 되어 있다. 섭생이 좋아 그런지 얼굴에 화색이 돌고 있다.

"하인스, 하인스는 실비아와 결혼했나?"

"네, 폐하. 얼마 전에 아들 호머가 태어났습니다."

"오! 그래? 감축할 일이군. 결혼 선물은 나중에 주겠네."

"감사하옵니다, 폐하!"

실비아가 더없이 공손하게 고개를 숙인다.

"그러고 보니 라이사도 결혼한 모양이네."

"네, 폐하. 왈로드 지안 반 루이체 공자와 결혼했습니다."

해적들에게 납치당해 무려 4년 동안이나 못된 짓을 당한 라이사이다.

그 후 병을 얻어 시름시름 앓다가 현수에 의해 완치되었다. 몸과 마음이 안정되자 꽃처럼 피어나기 시작했다.

이때부터 왈로드의 구애가 시작되었다.

라이사는 본인이 가진 흠결을 누구보다 잘 알기에 매번 거절했으나 왈로드는 끈질겼다. 결국 1년 반 만에 둘은 결혼했다. 루이체 백작은 둘의 관계를 흔쾌히 승낙했다. 마탑주가 맺어준 인연이라 감히 부정할 수 없었다.

"축하하네. 둘의 결혼 선물도 나중에 주지."

"감사합니다."

"그래, 로스톤과 스미든은 어찌 지내나?"

현수의 시선을 받은 로스톤은 크게 고개를 조아리곤 입을 연다.

"말씀하신 대로 하루에 가로와 세로 베기 각 3,000번씩 하고 40㎞씩 달리기를 한 후 하리면 총리대신님 아래에서 행정일을 배우고 있습니다."

"그래? 잘하고 있군. 좋아. 아주 좋아."

뺀질이 로스톤과 경솔하던 스미든은 소드 익스퍼트 중급의 수준에 올라 있다. 상급을 목전에 둔 듯하다. 이는 견고한 하체와 가장 기본이 되는 베기 동작이 숙달된 결과이다.

게다가 행정 일을 배우고 있다고 했으니 머리가 굳은 것은 아니다. 이제 조금만 더 끌어주면 상급이 될 듯하다.

현수는 아직도 어린 꼬맹이 둘에게 시선을 주었다.

"이냐시오, 피터, 너희도 잘 있었지?"

"네, 고모부!"

"네, 스승님!"

소년의 티를 벗고 청년기로 접어들려는 둘은 아주 친한 듯 어깨동무를 하고 있다. 장차 최연소 소드 마스터의 반열에 올라 천하를 호령할 아이들이다.

하리먼에게 준 개발지침서 말미에 이들에 대한 교육 방법을 써놓았는데 그대로 잘 진행된 모양이다.

CHAPTER 11
그래도 복수는 해야자

 아르센 대륙인 중 검을 다루는 자 대부분은 책상머리에 앉아 있는 것을 싫어한다. 오로지 연무장에서 칼을 휘두르며 땀 흘리기를 즐길 뿐이다.

 이럴 경우 소드 익스퍼트 초급이나 중급까지는 올라갈 수 있다. 그런데 상급 이상, 최상급 나아가서 소드 마스터가 되려면 활발한 두뇌 활동이 필요하다.

 깨달음이 있어야 하기 때문이다.

 하여 현수는 그들에게 많은 독서를 지시했다. 그래서 그런지 눈빛이 초롱초롱한 것이 마음에 든다.

"시간 날 때마다 가르침을 내릴 터이니 가급적 연무장 근처에 머물도록 해라."

"네, 고모부."

"네, 스승님!"

두 아이 모두 크게 고개를 끄덕인다. 그간 왕국에 머무는 기사들로부터 검술을 배웠는데 그랜드 마스터의 그것은 과연 어떨지 심히 궁금하다는 표정이다.

현수는 나머지 사람들과도 접견했다. 왕국 선포를 할 것이라고는 했지만 아직 개국식을 열지 않았기에 격식을 따지지 않고 자유스런 만남이었다.

인사가 끝난 후 본격적인 브리핑이 시작되었다.

지난 수년간 이실리프 왕국에선 하리먼의 진두지휘 아래 모두가 힘을 합쳐 살기 좋은 왕국 가꾸기 작업을 했다.

그 결과 현수가 요구한 것의 90% 이상이 이루어진 상태이다. 이 중 주택 사업은 초과 달성 되어 있다.

다시 말해 모두가 안정적인 주거 생활을 하고 있다.

농사의 경우 현수가 남긴 종자들을 파종한 결과 어마어마한 양을 수확하였다. 이실리프 왕국민들이 양껏 먹어도 수확량 대부분이 남아돌 정도로 많다.

하여 늘 식량이 부족한 아드리안 왕국과 미판테 왕국, 그리고 테리안 왕국 등에 수출한다. 대신 이실리프 왕국에 부족한 것들을 사들이고 있다.

라이서 제국과 크로완 제국 연합군이 카이엔 제국과 전쟁을 벌이는 이유는 부의 일방적인 쏠림 현상 때문이다.

그렇기에 수입과 수출의 균형을 잡으라 했는데 아주 잘 지켜지고 있다. 문제는 무지막지하게 쌓이는 재고이다.

지난 3년간 왕국에선 많은 혼인이 이루어졌다.

몬스터 해비탯이라 불리던 영지에서 세실리아와 함께 온 25,000명의 여인이 있었기에 가능한 일이다.

그 결과 인구가 소폭 늘어 현재 약 350만 명 정도 된다.

이 인구의 절반 이상이 농사일에 종사하고 있다.

왕국의 영토 면적은 2만 5,000㎢에 불과하다. 그런데 종자 자체의 생산력이 어마어마하다.

성녀 스테이시 아르웬의 신성력만으로 개량된 밀 종자는 약 6.25배 정도 증산되는 능력을 가졌다.

여기에 숲의 요정 아리아니의 가호까지 더해지면 밀과 쌀의 수확량은 10배로 늘어나게 된다. 사대정령의 도움까지 더해지면 어떤 결과가 빚어질지 아직 알 수 없다.

게다가 1년에 3모작을 한다.

따라서 이실리프 왕국에서 짓는 농사의 수확량은 같은 면적일 경우 대한민국의 30배 정도에 해당된다.

인구가 적으니 수확량이 소모량을 앞지르는 건 당연하다.

재고가 쌓이자 하리먼은 지시받은 대로 수입과 수출의 균형을 맞추려 애를 썼다.

상대 국가가 원하는 만큼 식량을 수출하는 대신 의복과 장신구, 무구, 도서, 일상용품 등을 수입했다. 이러고도 많이 남아 사치품을 들여오기도 했다.

덕분에 이실리프 왕국은 모든 물자가 풍족한 국가가 되었다. 문제는 이렇게 하고도 남은 곡식이다.

곳곳에 커다란 창고를 짓고 공간확장마법과 보존마법까지 걸었다. 그런데 모두 가득 차 있다. 이제 곧 생산될 물량은 보관할 곳이 여의치 않아 더 많은 창고를 짓는 중이다.

현수는 창고의 곡식을 모조리 아공간에 담았다.

어디에 쓸 것이냐는 물음에 바세른 산맥 아래에 자리 잡고 있는 이실리프 자치령으로 보낼 것이라 말하였다.

말이 나온 김에 왕궁 앞 적당한 곳을 물색하여 둘 사이를 오갈 수 있는 포털마법진을 설치했다.

사람용과 물품용 두 가지인데 각각 두 개씩이다.

사람용은 한 번에 500명 정도 오갈 수 있고, 물품용은 컨테이너 1,000개를 한 번에 보낼 수 있는 규모이다.

현수는 상급 마나석 네 개를 꺼내 마법진이 반영구적으로 작동되도록 조치를 취했다.

마법진 설치 후 하리먼 등과 더불어 바세른 산맥 아래 자치령으로 이동했다.

그곳 역시 개발이 거의 끝나 있다.

각종 광물자원과 쉐리엔은 풍부하지만 산자락인지라 식량
은 약간 부족했다.

이곳엔 이실리프 마탑 소속이 되기 위해 몰려든 마법사가
상당히 많다. 이들 덕분에 거의 모든 것이 마법으로 해결될
정도로 발달된 상태이다.

브론테 왕국에서 온 난민이 많은 것이 문제였다.

이들 중 희망자를 골라 이실리프 왕국으로 이주시키는 것
으로 의견 합일을 보았다.

가져온 곡식과 생필품 등은 풀어놓고 채집해 놓은 쉐리엔
등은 아공간에 담았다. 그리곤 서열을 정해주었다.

내무대신 : 스타이발 후작(마법사) → 카이엔 제국

외무대신 : 스멀던 후작(마법사) → 테리안 왕국

군부대신 : 가가린 백작(기사) → 미판테 왕국

궁내 시녀장 : 하일라 토들레아(엘프)

각각의 대신은 자신이 부릴 사람들을 직접 임명토록 했다.
본인과 뜻이 맞는 사람과 함께해야 일도 즐겁기 때문이다.

물론 이렇게 하면 매관매직으로 의한 부패가 발생할 수 있

다. 하지만 아직은 건국 초기이다.

잘해내겠다는 의욕이 재물에 대한 욕심보다 큰 시기이므로 이런 지시를 내린 것이다.

다음으로 이실리프 자치령의 동량들을 키워낼 아카데미의 교수진을 임명했다.

아카데미 원장 : 토리나 백작 → 라이셔 제국
마법학부 학장 : 로윈 후작 → 미판테 왕국
기사학부 학장 : 전장의 학살자 하인스 → 카이엔 제국
정령학부 학장 : 후렌지아 토들레아
행정학부 학장 : 토리나 백작(원장 겸임)
교육학부 학장 : 스미스 백작 → 테리안 왕국

현수는 국왕 집무실에서 모두에게 임명장을 수여했다. 확실히 해주어야 명령 계통이 바로서기 때문이다.

이곳 이실리프 자치령의 본래 크기는 경기도만 한 면적이었다. 그런데 지금은 상당히 많이 넓어져 있다.

바다를 매립한 때문이 아니다.

드래곤 로드인 옥시온케리안은 제니스케리안의 오빠이다. 그리고 케이트는 제니스케리안의 제자이다.

그런 그녀가 현수의 아내가 된다 하여 축하하는 의미로 자

신의 영역 중 사람이 살기 좋은 곳을 특별히 할양해 준 결과이다. 아르센 대륙 역사상 처음 있는 일이다.

그 결과 바세른 산맥 아래 자리 잡은 이실리프 자치령은 경기도와 강원도를 합친 정도가 되었다.

약 2만 7,000㎢이니 남쪽에 자리한 이실리프 왕국보다도 약간 넓다. 그리고 새로 얻은 땅에선 질 좋은 철과 구리 등의 광석 등이 풍부하게 채굴된다.

현수는 두 곳 모두를 이실리프 왕국으로 선포할 예정이다. 같은 왕국이지만 신하들의 위계는 별도로 한다.

왕성하게 오가기는 하겠지만 이쪽 사람들이 저쪽 사람들보다 우위에 있지 않음을 분명히 한 것이다. 어쨌든 둘은 서로 필요로 하는 물건에 대해 교류의 물꼬를 텄다.

"폐하, 하루라도 빨리 왕국 선포를 하시고 왕비님들을 모셔야 하지 않겠습니까?"

"그래야지. 그전에 할 일이 있다."

"무슨 일인지 말씀만 하시면 소신들이……."

스타이발 내무대신의 말은 중간에 끊겼다.

"마인트 대륙의 간악한 흑마법사들을 먼저 제거해야 하네."

"네? 바, 방금 흑마법사라 하셨사옵니까?"

스타이발 후작은 한때 백마법사의 수장이었다. 따라서 흑마법사라는 말을 듣자마자 반응한다.

"그렇다. 마인트 대륙엔 5서클 이상 마법사가 10만에 이른다. 나는 이실리프 마탑의 탑주로서 그들을 제거해야 할 의무가 있다. 내 스승님의 명이 그러하다."

실제로 멀린이 남긴 이실리프 마법서엔 흑마법사들을 눈에 뜨이는 족족 제거하라는 구절이 있다.

"흐, 흑마법사가 그렇게나 많이 있다는 말씀이시옵니까?"

"그래, 9서클 마스터급만 100명이 훨씬 넘지. 8서클 마스터는 300명이 넘고."

"세, 세상에!"

스타이발은 마탑주이기는 하지만 고작 7서클 유저이다. 그렇기에 대경실색한다.

"놈들의 합공은 정말 지겨웠다."

"헉! 그, 그럼 400명과 대결을 하셨다는 말씀입니까?"

"그렇지. 원래는 9서클 마스터가 한 40명쯤 더 있었고 죽지 못해 사는 리치도 아홉이나 있었다."

"허어! 그, 그렇다면……."

스타이발은 자신의 예상이 맞기를 바라는 얼굴이다.

"맞아. 내가 제압했지."

놈들에게 엄청 당해서 3년 동안이나 정신을 잃었던 것은 쪽팔려서 말하지 않았다.

"아! 역시! 정말 위대하십니다. 9서클 마스터를 50명쯤 제압한 거나 다름없으니 말입니다."

"50이 아니지. 리치 놈들을 죽여도 죽여도 다시 리스폰되어 정말 지겨웠으니까."

"그, 그럼……!"

"굳이 9서클 마스터 수준으로 따지자면 내 손에 제압된 건 한 80명쯤 된다고 봐야지."

"아!"

스타이발은 입을 딱 벌린다.

현수가 10서클 마스터라는 소문이 나돌았는데 그게 진실이라는 것을 새삼 깨달은 것이다.

그래도 그렇지 궁극의 대마법사라 불리는 9서클 마스터를 80명이나 제압했다는 건 정말 믿기지 않는다.

게다가 현수는 아주 멀쩡하다.

화후로 따지면 겨우 1서클 차이이다. 그래서 그토록 큰 차이가 날 거라고 생각하지 못했는데 정말 대단하다.

"정말 위대하십니다, 로드! 존경하지 않을 수 없군요."

스타이발은 진심을 담아 허리를 깊숙이 숙였다. 머리카락이 땅에 닿을 정도이다.

"나는 놈들을 제압하러 갈 생각이다."

"그래요? 그럼 저희는 어떤 준비를 할까요? 미흡하겠지만 저라도 따라갈까요?"

9서클 마스터가 바글거리는 곳에선 7서클 유저는 코흘리개 꼬맹이만도 못한 존재이다. 스타이발은 스스로 분수를 알기에 따라 가겠다는 말을 못하는 것이다.

"아니. 소드 마스터들이 떼 지어 가도 놈들을 감당 못한다. 나 혼자 가야지. 그나저나 놈들도 단단히 방비하고 있을 터이니 나도 그에 걸맞은 준비를 해야겠어."

"네, 그러셔야죠. 무엇이든 분부만 내리시면 재까닥 갖출 테니 말씀만 하십시오."

"준비는 내가 알아서 한다. 너흰 이곳을 내 대신 잘 다스리기만 하면 된다."

"그건 염려 놓으십시오. 최선을 다해 살기 좋은 왕국이 되도록 애쓰겠습니다.

"그래, 그래야지. 믿고 맡길 수 있어서 좋군."

"믿어주셔서 정말 감사합니다!'

스타이발은 다시 한 번 허리를 직각으로 꺾는다. 로드에게 믿음을 얻었다는 것이 너무나 기뻐서이다.

현수는 한옥단지의 심처로 걸음을 옮겼다.

가정을 이루게 되면 사용할 곳인지라 둘러보려는 의도이다. 완공되기 전과 무엇이 달라졌는지도 확인할 겸이다.

생활에 필요한 가구들까지 모두 채워져 있다.

아쉬운 건 원목 바닥재에 칠할 도료이다.

한옥인지라 대청마루 등의 바닥재는 원목이다.

함수율[12] 6% 이하로 잘 건조시키고 다듬었지만 아무런 도료도 칠하지 않아 습도로 인한 뒤틀림이 우려된다.

생각이 여기에 미치자 문득 아르센 대륙 여기저기에서도 자생하고 있는 아마(亞麻)가 떠오른다.

그것의 종자를 받아 기름을 짜낸 뒤 이를 도포하면 습도의 영향도 덜 받고 부패하는 것도 늦출 수 있을 것이다.

또 하나 아쉬운 건 매트리스이다. 아르센 대륙의 것은 지푸라기를 천 안에 넣은 것이라 탄성이 적은데다 습기에 약하다. 하여 아공간을 뒤져보았는데 지구의 것은 다 꺼내서 쓴 듯 더 이상의 새 매트리스가 없다.

'이건 지구에 가면 왕창 사와야겠군.'

왕궁으로 지어진 한옥단지엔 방이 상당히 많다.

국왕 일가뿐만 아니라 왕궁에서 기거하는 이가 많이 있어야 하기 때문이다. 헤아려 보니 적어도 1,000개 이상의 매트리스가 필요하다. 여분이 필요하기 때문이다.

이 밖에 카펫과 러그, 그리고 쿠션 등도 있어야 한다.

나머지는 빌모아 일족의 세심한 손길이 닿아서인지 흠잡을 곳이 거의 없다.

그중 가장 인상적인 것은 조명이다.

---

12) 함수율(Percentage of moisture content, 含水率) : 수분을 포함하는 고체 중의 수분량. 목재의 강도에 영향을 미치는 경우가 크며, 함수율이 감소함에 따라서 강도는 급격히 증가한다.

지구에선 전등을 쓰지만 이곳에선 마나를 이용한 마법등을 쓴다. 누구의 생각인지 알 수 없지만 음향 센서의 원리와 비슷한 마법이 적용된 것이 설치되어 있다. 손뼉을 치면 켜지고 다시 한 번 손뼉 치면 꺼진다.

항온마법진도 적용되어 있어 사시사철 늘 일정한 온도가 유지되도록 조치되어 있다.

"괜찮군."

현수는 고개를 끄덕여 흡족함을 표했다. 많은 사람의 노고가 배어 있음을 알기에 까다롭게 보지 않았다.

지구와 비교하면 미흡한 부분이 많을 수밖에 없기 때문이다. 하지만 일정 부분에선 지구보다 낫다.

밋밋하기만 한 벽 대신에 의미를 가진 부조들이 그중 하나이다. 한옥단지의 벽에는 세상에 번진 현수와 관련된 일화가 모두 담겨 있다.

가장 먼저 알베제 마을을 찾아 흉포한 맹수 샤벨 타이거를 길들이는 모습이 있다.

다음엔 바벨강을 건너면서 엘리터들을 사냥하는 모습이다.

라세안과 친구 먹은 이야기는 가장 장황하게 묘사되어 있다. 인간이 드래곤과 교분을 맺는 몇 안 되는 스토리이며, 후세에 자랑할 만하기 때문이다.

막심 백작의 갈리아 영지군에 의해 하렌 자작의 영지가 풍

전등화일 때 성의 뒤쪽을 급습한 몬스터들을 상대로 한 헬 파이어도 묘사되어 있다.

몬테규 가와 케플렛 가의 해묵은 분쟁을 끝내준 일화도 돌을새김으로 새겨져 있다.

테리안 왕국의 국왕이 바세른 산맥 아랫자락에 이실리프 자치령을 할양하기까지의 스토리도 멋지게 새겨져 있다.

가이아 여신이 직접 발현하여 성녀 스테이시를 배우자로 점지해 준 이야기도 잘 표현되어 있다.

파이렛 군도의 해적을 모두 제압하는 모습도 보인다.

드래곤 로드인 옥시온케리안과 담판을 지어 이실리프 자치령은 인정받는 정면도 있다.

이 밖에 거대 해양몬스터인 크라켄을 사냥하는 장면도 멋있게 묘사되어 있다.

부조가 새겨지지 않은 벽들이 있다.

이곳엔 이실리프 국왕이 되는 장면과 기타 자랑할 만한 것, 그리고 인세에 드문 일들이 새겨지게 될 것이다.

이곳의 부조 중 상상의 산물이 없는 것은 아니다.

어린 현수가 전대 마탑주인 멀린을 만나 마법을 익히고 이실리프 마탑을 물려받는 장면이 그것이다.

이것엔 수많은 마법사가 부복해 있는 장면도 있다.

하인스가 제2대 이실리프 마탑주가 된 것을 소속 마법사들이 경하하는 장면이다. 나이즐 빌모아가 직접 새긴 이것엔 약 500명의 마법사가 있는데 얼굴이 모두 다르다.

과연 장인 종족이라 할 만한 솜씨이다.

이 중 특기할 만한 것은 500여 명의 마법사 중 300여 명이 자신의 키보다 큰 스태프를 소지하고 있다는 것이다.

그리고 하나같이 오리 알만큼 굵은 마나석이 박힌 것으로 묘사되어 있다.

마법사들이 들고 다니는 스태프에도 불문율이 있다.

자신의 키보다 긴 것을 든다는 것은 본인이 7서클 이상이라는 것을 나타내는 무언의 약속이라는 것이다.

어쨌거나 이실리프 마탑에 7서클 이상이 300명쯤은 있을 것이란 세인들의 예상이 반영된 부조이다.

세심히 한옥단지를 다 둘러보고 나선 현수는 정문 위 편액을 보고 피식 웃었다.

광화문(光化門)이라 쓰여 있기 때문이다. 현수가 준 사진을 보고 그대로 그려 넣은 듯하다.

경복궁의 정문인 광화문은 건립 당시엔 사정문(四正門)이었다. 그러다 세종 7년에 '왕의 큰 덕(德)이 온 나라를 비춘다'는 의미의 광화문으로 명칭이 변경되었다.

"그래, 광화라는 게 나쁜 뜻은 아니지. 그냥 써도 되겠네."

아르센 대륙에도 '광화문'이 존재하게 되었다.

내친김에 국왕이 신하들과 더불어 정사를 논하는 커다란 홀과 국왕 집무실 및 접견실이 있는 바실리를 둘러보았다.

대륙의 어느 왕궁 못지않게 화려하면서도 웅장한 모습이 인상적이다.

고개를 끄덕이곤 천천히 걸어 곳곳을 둘러보았다.

나이즐 빌모아에게 일러준 포장도로가 쭉 깔려 있어 비가 와도 질퍽거리는 일은 없을 듯하다.

바실리를 나와 다른 곳도 두루 살펴보았다.

아르센 대륙에 와서 여러 수도를 둘러보았지만 이곳만큼 잘 정비된 곳을 없다 자부할 만큼 깨끗하고 정갈했다.

사람들의 의복 또한 다른 곳과 달리 너저분하지 않다. 곳곳에 공공목욕탕이 지어져 있어 위생 상태도 괜찮다.

아카데미로 사용하는 파빌리온을 가보니 수업이 한창이다. 한쪽에선 검을 든 기사학부생들이 열심히 수련하는 중이다.

모두들 진지한 자세로 수업에 임하고 있어 조용히 발을 돌렸다. 좋은 수업 분위기를 깨고 싶지 않았다.

타지마할의 서가엔 대륙 곳곳에서 수집해 온 책들이 꽂혀 있고 열람실엔 많은 사람이 독서 삼매경 중이다.

도서관인데 시끄러운 곳이 있어 가보니 아르센 공용어를 가르치는 수업이 진행되고 있다. 어린아이 반도 있고, 어른들을 위한 반도 있다.

개중엔 키 작은 빌모아 일족도 섞여 있다.

왕국민이라면 누구든 읽고 쓸 수 있도록 하라는 지시를 이 행하는 모양이다.

여기저기를 다 돌아보고 나니 왕국이 제대로 성장하고 있다는 걸 확실할 수 있었다.

"웬만큼 기틀이 닦였으니 왕국 선포만 남았군. 그런데 왕비들이 없네."

현수는 카이로시아가 있는 좌표를 확인했다. 그리곤 곧바로 텔레포트했다.

"로시아!"

"어머, 자기야! 흐흑! 흐흐흑! 왜 이제야 왔어요? 흐흑!"

자신의 집무실에서 상단 거래 내역을 훑고 있던 카이로시아는 현수는 보자마자 후다닥 달려와 품에 안긴다.

그리곤 이곳저곳을 만져본다. 혹시라도 어느 한 구석 잘못된 곳이 있나 싶은 것이다.

하긴 3년이 넘는 긴 세월이 지나도록 소식 한 번 전하지 않았다. 하여 아주 적극적으로 현수에 대한 소문을 캤다.

그 결과 대륙의 남쪽 어딘가에 있는 미지의 땅에서 수많은 흑마법사와 대결을 펼쳤다는 소문을 들었다.

대결에서 이겼다면 벌써 소식이 왔어야 한다. 그런데 3년이 넘도록 아무 소식이 없었다.

불안한 생각은 부정적인 결과를 초래한다고 믿기에 애써 마음을 다잡고 평정심을 유지하려 애썼다.

하지만 비 오는 날이나 일기 불순한 날만 되면 현수의 신상에 안 좋은 일이 생겨 혹시 과부가 된 건 아닌가 하는 생각을 했다. 그때마다 눈물을 한 바가지씩 쏟았다.

애써 참으려 해도 저절로 솟았다. 그럴 때마다 이레나 상단 종사자들은 걸음도 살금살금 걸었다.

로시아를 배려한 것이다.

아무튼 카이로시아는 마음이 다 타서 재가 된 듯한 느낌을 받은 날이 많았다. 세상을 다 산 듯한 허무함 때문인지 조금 늙었다는 느낌이다.

"에구, 우리 로시아! 얼굴이 많이 상했네."

현수의 얼굴에 시선을 준 로시아는 너무도 멀쩡한 모습에 살짝 얄밉다는 느낌이 든다.

"흐흑! 흐흐흑! 미워요. 이렇게 멀쩡하면서 왜……? 흐흑! 난 자기야가 어떻게 되었을지도 모른다는 생각에… 흐흑!"

카이로시아의 예쁜 두 눈에서 한없이 눈물이 샘솟는다.

이러다 체내 수분 부족 현상이 빚어지거나 탈진하여 실신할 수도 있다는 생각이 들 정도이다.

"로시아, 울지 마. 예쁜 얼굴 퉁퉁 붓잖아."

말하며 슬쩍 품에서 떼어내려 하자 현수를 잡은 손에 힘을 준다.

"싫어요! 싫어요! 이제 자기 품에서 안 떨어질래요. 흐흑!"

얼마나 생각했는지 확연히 느껴지는 말과 행동이다. 현수는 자신의 무심함을 새삼 깨닫자 미안한 마음이 들었다.

"로시아······."

"싫다구요. 자기야 품에서 안 떨어질 거예요."

"···그럼 키스를 못하는데?"

"······!"

슬그머니 현수를 잡고 있는 손아귀에서 힘이 빠진다.

슬쩍 로시아를 품에서 떼어낸 현수는 잠시 로시아의 얼굴을 보고는 다시 품에 보듬으며 부드럽게 키스를 했다.

"으읍······!"

로시아의 키스는 3년 치를 한꺼번에 보상받고야 말겠다는 듯 아주 정열적이었다. 설왕설래가 이어지는 동안 로시아의 눈물은 서서히 말라갔다. 그렇게 잠시 시간이 흘렀다.

"미안해. 내가 너무 오랫동안 소식을 못 전했지?"

"네, 그래도 괜찮아요. 이렇게 멀쩡하니까요."

한국에선 2년도 안 되는 군복무 기간에 고무신을 거꾸로 신는 아가씨가 많다.

그걸 알기에 한결같은 카이로시아가 너무도 사랑스럽다.

하여 와락 품에 안으며 나직이 속삭였다.

"미안해. 그리고 사랑해."

"아아! 아아아!"

현수는 자신의 등을 격정적으로 쓰다듬는 카이로시아의 손길을 느낄 수 있었다. 뜨거운 사랑과 다시는 놓치지 않겠다는 마음이 동시에 느껴진다.

마음 같아선 당장에라도 첫날밤을 치르고 싶다. 하지만 그럴 수는 없다. 아직 슈퍼포션을 복용시키지 않은 때문이다. 그렇기에 내키지 않지만 슬쩍 힘을 주어 떼어냈다.

"로시아, 장인어른에게 갔다 오자."

"네? 이 밤중에요?"

"그래, 이제 더는 못 참겠어. 우리 로시아랑 얼른 혼인해야겠어. 이렇게 예쁜데 안아주지도 못하잖아."

"아아!"

현수의 진심을 느낀 듯 로시아는 나직한 탄성을 내며 다시금 품으로 무너져 내린다.

"어서 옷 입어. 지금 당장 가서 정식으로 장인어른께 허락을 구할 테니까."

"아, 알았어요. 잠깐만요. 참, 로잘린에게도 다녀오세요. 저는 준비하고 있을게요."

"그래, 알았어. 금방 다녀올게."

카이로시아의 집무실을 나서자 밖에서 근무 중이던 토마스와 투토의 눈이 커진다. 둘은 전직 A급 용병이다.

카이로시아의 남편이 그랜드 마스터이기에 한 수 배워보려는 의도에서 이레나 상단에 몸을 의탁한 상태이다.

"헉! 마, 마스터! 어, 언제 오셨습니까?"

둘은 얼른 바닥에 엎드리려 한다. 하여 기세로 움직임을 제어하여 그러지 않도록 했다.

"토마스, 투토, 둘 다 소드 익스퍼트 최상급이 되었군. 축하하네. 그간 잘 있었는가?"

"그, 그럼요! 저, 정말 오랜만에 뵙습니다, 마스터!"

또 허리를 굽실거린다.

"그래, 오랜만이지. 잘 지낸 듯하여 좋군. 그동안 우리 로시아를 잘 지켜주어 고맙네."

"다, 당연한 일입니다. 공녀님을 수호하는 건 저희의 첫 번째 임무이니까요."

"그래, 그래서 고맙다는 거네. 참, 조만간 미판테를 떠나야 하니 자네들도 슬슬 준비하게."

"네? 여길 떠나요?"

"그래, 이제 곧 로시아와 결혼할 것이네. 자네들이 따라와서 지켜줘야 하지 않겠나?"

"겨, 경하드립니다. 그리고 당연히 따라가야지요."

토마스와 투토는 로시아가 왕비가 된다는 것을 아직 모른다. 이는 로시아의 입이 무겁기 때문이다.

"제법 먼 곳이니 단단히 채비를 해야 할 것이야."

"가면 안 옵니까?"

"글쎄, 가끔은 오겠지. 아마도 대부분은 그곳에서 지내게 될 것이니 이사 간다 치면 되네."

일국의 왕비가 되면 여러 사유 때문에 마음대로 운신할 수 없으니 당연한 일이다.

"아! 그렇군요. 알겠습니다."

둘은 크게 고개를 끄덕인다. 주인이 가자고 하면 가야 하는 세상임에도 이처럼 미리 알려주니 고맙다는 마음뿐이다.

확실히 지구와는 다른 마음가짐이다.

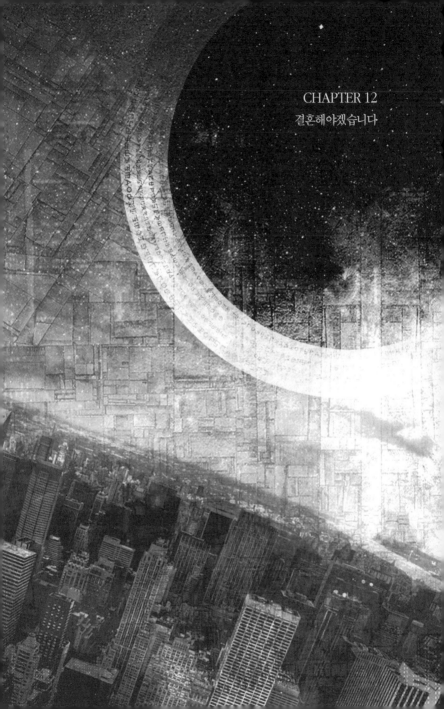

CHAPTER 12
결혼해야겠습니다

둘과 헤어져 상단 입구에 당도하자 여느 때처럼 발루네가
위병근무 중이다.

"발루네, 요즘엔 발정 난 늑대들이 안 꼬이나?"

"누구……? 헉! 마, 마탑주님!"

"그래, 날세. 잘 있었는가?"

"그러믄입죠. 참, 날파리는 없습니다. 아가씨께서 공녀님
이 된 이후로 하나도 못 봤습니다."

이 말은 사실이다.

카이로시아가 이실리프 마탑주의 부인이 된다는 소문이

번진 그날 이후 어느 누구도 껄떡대지 않았다.

그랬다가는 시신조차 온전히 남길 수 없기 때문이다.

현재 이레나 상단 입구엔 위저드 로드를 한 번이라도 보고 싶어 하는 마법사로 넘쳐나고 있다. 이런 상황에서 카이로시아를 탐낸다는 말을 한마디라도 하면 어찌 되겠는가!

덕분에 발루네는 아주 편하다.

마법사들이 진을 치고 있기에 정말 용무가 있는 사람이 아니면 아예 접근조차 하지 않기 때문이다.

"다행이군. 다 자네가 열심히 근무해서 그런 거지?"

"네? 그, 그럼요! 앞으로도 열심히 근무하겠습니다!"

"좋아, 이걸로 술이나 한잔하게."

팅―!

현수의 손을 떠난 금화를 받아 든 발루네는 눈을 크게 뜬다. 무려 10골드짜리이기 때문이다.

"자, 그럼 근무 잘하게."

"가, 감사합니다! 죽을 때까지 충성을 다하겠습니다!"

발루네가 허리를 직각으로 꺾을 때 현수의 신형은 유유히 정문을 벗어났다. 그런데 많은 천막이 보인다.

늦은 밤이지만 로브를 걸친 인영도 많이 보인다.

"끄응!"

나직이 침음을 토한 현수는 좌표를 확인했다.

"텔레포트!"

샤르르르릉!

"아앗! 마나 유동이다! 누가 이런 고서클 마법을……?"

잠자리에 들어 있던 마법사들이 우르르 몰려나온다.

＊　　　＊　　　＊

"로잘린!"

"어머! 자기! 흐흑! 흐흐흑! 으아앙!"

로잘린은 또 훌쩍 떠나 버린 뒤 한 달이 넘도록 소식이 없던 현수를 보자마자 눈물부터 흘린다.

"끄응!"

현수는 여러 여자에게 못할 짓을 했다는 자책감이 들어 잠시 아무런 말도 하지 않았다. 대신 두 팔을 벌려 어서 달려와 안기라는 몸짓을 했을 뿐이다.

"자기! 어떻게 된 일이에요? 또 소식이 없어서… 으아앙! 뭐가 또 잘못된 줄 알고… 흐흐흑!"

"울지 마. 내가 바빠서 소식도 못 전한 거니까. 여길 더 일찍 오려고 했는데 그만……."

"됐어요. 이렇게 오셨으니까 됐어요. 이제 어디 가지 마세요. 네? 자기를 못 보니까… 흐흑! 흐흐흑!"

현수는 말없이 로잘린을 안고 있는 팔에 힘을 주었다. 잠시 그렇게 있자 차츰 진정이 되는 듯 떨림이 줄어든다.

슬쩍 힘을 주어 품에서 떼어내니 로잘린은 비에 젖은 한 떨기 백합처럼 청초한 모습으로 미소 짓는다.

"이제 괜찮지?"

"네, 이제 안심이 돼요. 사랑해요. 보고 싶어서 미칠 뻔했어요."

말을 하며 다시 안기려 하는 로잘린을 슬쩍 밀어내자 왜 그러느냐는 눈빛으로 바라본다. 이 순간 현수는 아공간에 있는 반지 하나를 슬쩍 꺼내 들었다.

아내가 될 여인들에게 청혼할 때 쓰려고 준비한 것이다.

"로잘린 로니안 드 테세린!"

현수의 입에서 자신의 풀 네임이 나오자 로잘린은 뭔가 이상함을 느끼곤 반짝이는 눈빛으로 바라본다.

그런데 그 눈빛에 불안함이 담겨 있다. 미판테 왕국에선 파혼할 때 상대의 풀 네임을 부르고 선언하기 때문이다.

그냥 로잘린이라고 부르면 같은 이름을 가진 사람들이 여럿 있을 수 있기에 나중에 파혼이 무효라는 말이 나올 수 있어 이런 관습이 생긴 것이다.

"네, 왜요?"

"나 하인스 멀린 킴 드 세울이 그대 로잘린 로니안 드 테세린의 남편이 되고 싶은데 나하고 결혼해 주겠어?"

"…흑흑! 그럼요! 전 이미 하인스 멀린 킴 드 세울의 여자였어요. 옛날부터요. 당신이 제게 센트 오브 워머나이저를 주신 그때부터요."

"그때? 왜?"

현수는 고개를 갸웃거렸다.

커피를 센트 오브 워머나이저라는 고약한 것이라 오인토록 했을 때는 별다른 친분 관계가 없을 때인 때문이다.

"그냥 자기가 너무 좋았어요. 그래서 자기의 여자가 되고 싶어 안달을 했어요. 그런데 이렇게 청혼을 해주시다니 정말 고마워요. 현숙한 아내가 되도록 노력할게요."

"그래주면 나야 고맙지. 자, 이거… 청혼 예물이야.

로잘린은 현수가 내민 반지를 보며 눈빛을 반짝인다.

"어머! 이건……."

카이로시아에겐 푸른 벨벳 상자에 담긴 10캐럿짜리 다이아몬드 반지를 줬다. 로잘린에겐 준 건 붉은 벨벳 상자에 담긴 10캐럿짜리 에메랄드 반지이다.

성녀 스테이시 아르웬에겐 같은 크기의 루비를, 케이트에겐 사파이어를 줄 예정이다. 제5왕비가 될 다프네에겐 진한 보라색 자수정을 줄 것이다.

지구를 기준으로 하면 자수정은 다른 보석에 비해 비교적 염가이다. 그렇기에 다프네에게 줄 자수정엔 특별한 손질을 해두었다. 첫째는 마나 완충이다.

마나집적진과 타임 딜레이 마법진 속에 있던 10캐럿 자수정엔 초특급 마나석과 버금가는 마나가 담겨 있다.

하여 다른 자수성과 달리 영롱한 빛을 반사시킨다.

현수가 각기 다른 보석을 고른 이유는 의미 때문이다.

제1왕비가 될 카이로시아가 가진 다이아몬드는 영원한 사랑과 행복을 의미하는 보석이다. 에메랄드는 행운과 행복을 의미하고, 루비는 영원한 생명과 열정을 의미한다.

사파이어는 자애와 성실, 덕망, 그리고 자수정은 성실과 평화, 진실이라는 뜻을 담고 있는 보석이다.

어쨌거나 모든 반지엔 동일한 마법진이 새겨져 있다.

하루에 두 번 주기적으로 구현되는 바디 리플레쉬 마법진이 있다. 체내에 쌓인 피로 물질을 말끔히 제거하는 효능이 있다.

두 번째는 임플로빙 이뮤너티 마법진이다. 면역력을 높여 줘 질병에 걸리지 않게 하는 효과를 보일 것이다.

셋째는 체인 라이트닝이다. 심리적 불안감이 극대화되면 주변으로 벼락이 뿜어질 것이다.

넷째는 체인 라이트닝이 구현됨과 동시에 전해진 좌표로 텔레포트되는 마법진이다. 납치 등으로부터 안전할 것이다.

다섯째는 앱솔로트 배리어 마법진이다. 체인 라이트닝이

구현된 직후 신체 전체를 보호하는 효능을 가진다.

여섯째는 오토 리차지, 일곱째는 인비저빌러티, 여덟째는 귀환마법진이다.

이는 사랑하는 아내들을 위하는 마음이 담긴 배려이다.

에메랄드 반지를 받아 든 로잘린은 사랑스런 눈빛으로 현수를 바라보곤 손가락을 내민다. 끼워달라는 뜻이다.

어찌 마다하겠는가!

손가락에 반지를 끼우자 마치 살아 있는 것처럼 스르르 크기를 줄여 딱 맞게 끼워진다.

많은 마법진이 그려져 있는 것이니 웬만하면 빼지 말라는 뜻으로 한번 끼면 빠지기 어렵게 만든 것이다.

"로잘린, 이제 정식으로 내 약혼녀가 된 거야. 영원히 사랑해 줄게."

"고마워요. 자기의 여자가 돼서 정말 행복해요."

로잘린이 와락 안겨 들자 현수는 얼른 받아 안았다. 그와 동시에 둘의 입술이 겹쳐졌다.

"으읍!"

로잘린은 현수가 주도하는 키스에 온몸을 해파리처럼 축 늘어뜨린다. 머릿속에서 화려한 불꽃놀이가 시작된 때문이다.

현수는 늘어지려는 로잘린의 교구를 바싹 끌어안았다. 그리곤 마음을 다한 입맞춤을 선사했다.

여자들이란 사소한 것으로도 트집을 잡기도 하지만 별것 아닌 것으로도 감동받기 때문이다.

10여 분에 걸친 키스가 진행되는 동안 로잘린은 황홀이라는 바다에 빠져 허우적거렸다.

"자! 이제 장인어른과 장모님을 뵈러 가야지? 어디 계셔?"

"저기 저쪽에요. 근데 지금 가면 안 돼요."

로잘린이 가리킨 곳엔 현수가 준 침실용 컨테이너가 놓여 있다.

"왜, 무슨 일 있어?"

무슨 뜻이냐는 현수의 물음에 로잘린은 고개를 숙인다.

3년 전에 남동생이 태어났다. 이름은 알렉산더이다. 태중에 있을 때 국왕이 지어준 이름이다. 약속한 대로 왕실 문장이 있는 요람도 하사받았다.

부모는 경사가 났다면서 기뻐했지만 로잘린은 괜스레 부끄러웠다. 한국말로 치면 남세스러워서이다.

그런데 엄마 아빠는 또 동생을 만들려는 모양이다.

전에도 금슬이 좋았는데 공작이 된 이후엔 아예 애인 사이처럼 떨어지려 하지 않는다.

하루 종일 붙어 있고, 밤만 되면 일찍 잠자리에 든다.

이번엔 꼭 '비앙카'를 낳겠다고 한다. 이것 역시 국왕이 딸을 낳으면 쓰라고 지어준 이름이다.

"그게… 요즘 잠자리에 일찍 드세요."

로잘린의 어투와 몸짓을 보니 충분히 짐작된다. 하여 피식 웃어주었다.

"처남이 생기는 거야? 아님 처제가 생겨?"

"치이! 부끄러워요. 그런 말 마세요."

로잘린의 얼굴은 능금 빛으로 붉어진다. 부끄러워서이다.

"그나저나 나 갈 데 많은데 어쩌지?"

"네? 또 어딜 가야 하는 거예요?"

로잘린의 표정이 확 바뀐다. 또 소식 없는 세월을 보내야 하는가 싶어서이다.

"카이로시아 데리고 라이서 제국에 가서 퍼거슨 에델만 드 로이어 공작님에게도 결혼 승낙을 받아야 하잖아."

"어머! 그럼 여기 결혼 승낙받으러 오신 거예요?"

"그래, 격식은 다 갖춰야지. 그래서 청혼도 한 거잖아."

"고마워요, 자기."

로잘린이 와락 현수의 품으로 파고든다. 격한 행복감을 느 낀 때문이다.

"고맙긴, 당연한 건데. 그나저나 비누는 다 쓴 거야?"

"비누요? 아! 저한테서 냄새가 나요?"

로잘린이 얼른 떨어져 나간다. 몸에서 풍기는 악취를 본인 도 아는 모양이다.

"그래, 가만있어 봐."

현수는 아공간에서 비누와 샴푸 등을 꺼내놓았다. 어차피 아드리안 왕궁을 가야 하기에 전과 달리 많은 양은 아니다.

그러다 문득 떠오르는 생각이 있다.

[아리아니.]

[네, 주인님.]

[로잘린 몸에서 냄새가 좀 나는데 정령들 좀 불러줘.]

[냄새만 없애면 되는 거예요?]

현수는 고개를 끄덕였다. 그리곤 무심코 중얼거렸다.

[일단은. 근데 냄새 안 나게 하는 방법은 없나?]

[냄새 안 나게 하고 싶어요? 있는데 해드려요?]

[있어? 뭐가 있는데?]

[두 가지가 있어요. 바람의 정령에게 부탁하면 냄새 정도는 완전히 없애죠. 마치 아무것도 없는 것처럼 말이에요.]

[오, 그래? 그럼 다른 건 뭔데?]

[물의 정령에게 말하는 거죠. 그럼 몸에서 은은한 향내가 나요. 그것 때문에 다른 냄새가 맥을 못 추는 거죠.]

그러고 보니 테세린을 방문했을 때 로니안 자작과 세실리아 자작부인, 그리고 로잘린의 몸에서도 냄새가 났는데 카이로시아만 냄새가 나지 않았다.

하여 어찌 된 영문인지 물었더니 어릴 때 하마터면 오크의 먹이가 될 뻔했는데 그때 목숨을 구해준 엘프 장로의 마법 덕분이라고 대답했다.

그리고 보니 엘프들의 마법은 인간의 그것과 다르다. 정령사에 가깝다 할 정도로 정령력을 많이 끌어다 쓴다.

골드 드래곤 제니스케리안의 제자 케이트도 몸에서 악취가 나지 않는다. 체취를 맡아보면 울창한 숲 속에서 느껴지는 그런 상쾌함만 느껴질 뿐이다.

이는 냄새제거마법 디오도리제이션(Deodorization)과 향기 발산마법인 이밋 프레이그런스(Emit fragrance) 때문이다. 둘다 용언 마법이다.

드래곤들의 마법서에 있는 걸 보기는 했지만 별로 중요하지 않아 현수가 간과하고 있는 것들이다.

[어떤 향내가 나는데? 그리고 냄새는 어느 정도로 짙어? 냄새가 진해도 고역이거든.]

[주인님이 원하시는 대로 해드릴 수 있을 거예요.]

아리아니는 정말 별것 아니라는 표정으로 바라본다.

[그럼 말이야, 포인세 향기가 연하게 나게 해줄 수 있어?]

포인세의 향기는 바닐라 향과 페퍼민트 향이 절묘하게 섞여 냄새만으로도 심신을 상쾌하게 하는 효과가 있다.

[가능해요. 그렇게 해드릴게요.]

'어라! 이 냄새는……?'

아리아니의 말이 떨어지고 불과 수 초 만에 향긋한 내음이 코를 자극한다. 강렬했던 정수리 냄새는 사라지고 폐부마저 시원케 하는 포인세 향기가 난다.

[당케 쉐엔!]

[내? 그거 무슨 말이에요?]

피차 고맙다는 말을 쓰지 않기로 했기에 독일어로 이야기 하자 예상대로 아리아니는 알아듣지 못한다.

[응, 수고했다고.]

[헤헤! 그래요? 저 잘했죠?]

[그래, 수고했어. 이제 좀 쉬어.]

아리아니와의 대화를 마친 현수는 로잘린에게 시선을 주었다.

"이 정도면 당분간은 쓸 수 있을 거야. 그치?"

"네, 고마워요."

로잘린이 고개를 끄덕인다. 그런데 의복이 약간 구질구질 해 보인다. 보아하니 세제도 다 쓴 모양이다.

하긴 헤어져 있는 기간이 길었으니 당연한 일이다.

하여 세제를 꺼내주고 워싱과 클린 마법으로 간이 세탁을 해주었다.

"아! 이제 가도 되겠다."

"네?"

"이제 장인어른과 장모님을 만나도 된다는 거야. 로잘린이 가서 말씀드려."

"네."

로잘린이 쪼르르 달려가는 뒷모습을 보는 현수는 흐뭇한 미소를 지었다. 지구에서 태어났다면 모두의 시선을 받는 대스타가 되고도 남을 아름다움을 가진 여인이 너무도 현숙하다 느껴진 때문이다.

"내가 마누라 복은 흘러넘칠 정도로 좋은가 보네."

지현과 연희, 그리고 이리냐와 테리나는 모두가 아름답고 현숙하며, 지혜롭고 부드러우며 사랑스런 여인들이다.

카이로시아와 로잘린, 그리고 스테이시와 케이트, 다프네 역시 그에 버금갈 정도이다.

삼류 대학 수학과를 졸업할 땐 세상살이가 막막했다. 취업의 문은 너무 좁았고, 경쟁 상대는 너무나 많았다.

연애를 하고, 결혼을 하며, 아이를 낳아 기르려면 많은 돈이 드는데 뽑아주는 직장이 없으니 이성 교제는 꿈도 꾸지 못했다. 친구들과 친하게 지내는 것도 부담스러웠다.

주머니에 든 게 없으니 누구를 만나든 눈치가 보여서이다.

그러고 보니 그 시절엔 여러 가지를 포기했다.

연애, 취업, 결혼, 출산, 인간관계, 그리고 내 집 마련이다. 장래에 무엇이 되고 싶거나 무언가를 하고 싶다는 꿈마저 꿀

수 없던 너무도 암울한 시기였다.

그런데 지금은 아니다.

무엇이든 할 수 있는 능력을 완벽하게 갖췄다.

두 세상을 오갈 수 있는 능력은 아홉 명이나 되는 아름다운 여인을 아내로 맞이하게 해주었다. 고맙고 또 고마운 일이다. 이 모든 건 전능의 팔찌 덕분이다.

'스승님, 정말 고맙습니다.'

현수는 헥사곤 오브 이실리프에서 영면을 취하고 있는 멀린을 떠올리곤 고개를 숙였다. 당사자는 모르겠지만 진심에서 우러난 감사의 뜻을 표한 것이다.

잠시 후, 현수는 로니안 공작 부부를 만나 정중히 로잘린을 아내로 맞이하겠다고 했다. 지금껏 기다리던 말이기에 흔쾌히 승낙의 말을 들었다.

결혼식은 앞으로 반년 후 이실리프 왕국의 수도가 있는 코리아도 세울에서 치러질 것이다.

식장은 한옥단지에서 가장 큰 연못인 대한지(大韓池)를 한눈에 조망할 수 있는 대한전(大韓殿)이다.

연못의 중심부에 네모반듯한 돌로 둑을 쌓아 섬을 만든 뒤 세운 전각으로 향후 이실리프 왕국의 중대한 행사가 치러질 곳이다.

국왕의 결혼식, 만조백관이 모인 신년하례식, 왕자의 결혼식 등등이 이곳에서 거행된다.

규모는·당연히 대단히 크다.

조선시대 최대 전각은 경회루이다. 이것은 전면 7칸, 옆면 5칸, 2층 구조로 바닥 면적은 933㎡(282평)이다.

대한전은 지하1층, 지상 3층 구조로 축조되었으며, 바닥 면적은 3,967㎡(1,200평)이다. 경회루의 네 배 이상이다.

지하 1층은 국가의 중대사를 치를 각종 기자재를 넣는 창고와 대소 연회를 지원할 식재료 창고 및 주방 등이 있다.

천장 높이가 무려 15m에 달하는 1층에선 국가의 중대한 행사가 거행된다.

현수의 왕국 선포식이 가장 먼저 이곳에서 치러진다. 곧이어 국왕 즉위식이 거행되고, 그다음으로 다섯 명의 꽃다운 왕비와의 결혼식이 이곳에서 이루어진다.

2층과 3층은 연회장이다. 각각 7.5m 높이라 답답하지 않은 공간이다. 이곳은 아르센 대륙에서 가장 화려하고 가장 풍광이 좋은 레스토랑이라고 보면 된다.

특기할 만한 것은 덤 웨이터13)가 설치되어 있다는 것이다.

현수가 준 여러 도면 중 엘리베이터 제작도를 보고 그 원리를 깨달은 빌모아 일족이 수동식으로 만든 것이다.

전기가 없는 곳이라 모터의 원리는 알 수 없는 결과이다.

---

13) 덤 웨이터(Dumb waiter): 엘리베이터와 같은 구조로 식품·소화물 등을 위층으로 들어 올리는 운반기. 수동식과 전동식이 있으며, 일반적으로 리프트(Lift)라고 부른다.

그래도 과연 대단한 장인 종족이라는 말이 절로 나올 정도로 정교하게 만들어져 있다.

어쨌거나 성혼되었음을 선언해 줄 존재는 드래곤 로드인 옥시온케리안이다. 아마도 가이아 여신도 한몫해 줄 것으로 기대된다. 성녀가 신부이니 당연한 일이다.

이날의 행사는 대륙 최고의 마법사이자 유일한 그랜드 마스터이며 국왕의 결혼식이다.

신부 중 둘은 제국과 왕국 공작가의 공녀이고, 하나는 성녀이며, 드래곤의 딸과 드래곤의 제자이다.

당연히 아르센 대륙의 거의 모든 국가에서 축하사절을 보낼 것이다. 어쩌면 역사상 최초로 모든 국가의 국왕이나 황제가 한곳에 모이는 일이 될 것이다.

아울러 대륙의 모든 마탑주와 소드 마스터 또한 달려올 것이다.

이쯤 되면 대륙 전체에서 가장 중요한 일이라 할 수 있다. 이렇게 될 이유는 이실리프 왕국과 연을 이어두어 손해 볼 일은 없을 것이기 때문이다.

아울러 역사적인 장소에 있었다는 것만으로도 가문의 영광이 될 일이기 때문이다.

이 밖에 각국의 마법사들과 기사들 또한 모두가 참석하기를 열망할 것이다. 대륙의 끝에서 올 사람도 있으니 충분한 시간이 필요하다. 그래서 넉넉히 시간을 잡은 것이다.

로니안 공작 부부로부터 결혼 승낙을 받은 현수는 잠시 로잘린과 함께했다. 결혼할 사이이지만 함께한 시간이 적었기에 이런저런 이야기를 나눈 것이다.

슈퍼포션에 대한 이야기를 들은 로잘린은 눈빛을 반짝였다. 아름다운 모습을 오래오래 유지한다는데 어찌 관심이 가지 않겠는가!

한 번도 만나보지 못한 성녀와 드래곤의 딸, 그리고 드래곤의 제자에 관해선 꼬치꼬치 캐물었다. 공작가의 공녀가 되었지만 아무래도 한 수 뒤진다는 느낌이 든 때문이다.

현수는 잘 다독여서 상대적 박탈감, 또는 열등감 내지는 패배의식을 갖지 않도록 해줬다.

이 과정에서 현수는 로잘린이 매우 아름답고 선량하며, 풍부한 감성을 가졌다며 계속해서 칭찬했다.

대놓고 면전에서 칭찬을 해주자 처음엔 좋았으나 차츰 몸둘 바가 모르겠는지 교구를 배배 틀었다. 그런 그녀가 너무 귀여워서 와락 안아주었다.

그리곤 아주 정열적인 키스를 해줬다. 결국 로잘린은 현수의 품에 안겨 잠들었다.

그런 그녀의 입가엔 부드러운 미소가 맺혀 있다. 지극한 행복감이 꿈에서도 이어지는 모양이다.

　　　　　*　　　　*　　　　*

"잘 다녀오세요. 여긴 걱정 마시구요. 준비 잘하고 있을게요."

"그래, 또 봐."

로잘린과 로니안 공작 부부는 현수의 신형이 보이지 않을 때까지 시선을 떼지 않았다. 그러다 현수가 완전히 보이지 않자 그제야 큰 숨을 몰아쉰다.

"휴우! 이제 되었군."

"호호, 네. 우리 딸이 아드리안 왕국의 제2왕비가 된다니 저는 아직도 믿어지지 않아요."

"나도 그래. 변방의 자작이던 내가 공작위를 받게 된 것도 다 사위 덕이지. 로잘린, 너는 절대 투기 같은 거 하지 마라. 알았지?"

"네, 아빠. 전 그런 거 안 해요. 하인스 님 곁에 있는 것만으로도 충분히 행복하니까요."

"그나저나 이실리프 왕국 선포식과 국왕 즉위식, 그리고 우리 딸 결혼식에 입을 옷을 준비해야겠어요. 명색이 공작부인이고 국왕의 장모인데 아무 거나 입을 순 없잖아요? 그렇죠? 그러니 여보, 돈 좀 내놔요."

"저도요, 아빠! 저도 공녀이면서 왕비가 될 사람이니 엄마

랑 옷과 장신구 좀 사게 돈 주세요."

"헐!"

공작이 된 이후 둘의 씀씀이는 전과 달라졌다. 자작부인과 공작부인 차이만큼이나 대폭 늘어났다. 하지만 로니안 공작은 호탕하게 웃음 짓고 돈을 내놓았다.

그런데 또 내놓으라니 텅 비어버린 금고가 눈앞에 아른거린다. 그렇기에 저도 모르게 한소리 한 것이다.

"당신 돈 많은 거 다 아니까 엄살 피우지 말아요. 공작이 된 다음에 국왕전하는 물론이고 다른 귀족가에서도 엄청 예물 보낸 거 다 알거든요. 남자가 치사하게 마누라랑 딸 몰래 딴 주머니 차려는 건 아니죠? 그렇담… 홍홍! 내일부턴 국물도 없을 줄 알아요."

"아, 알았어! 알았다고! 누가 안 준대? 주긴 주는데 얼마를 줘야 하는지 생각하느라 그런 거야."

로니안 공작은 곧바로 꽁지를 내린다. 사랑하는 아내 세실리아를 두고 각방을 쓰는 건 지옥이나 마찬가지이기 때문이다.

이럴 즈음 현수는 카이로시아의 집무실에 당도했다.

"준비는?"

"다 되었어요."

"그럼 갈까?"

"네!"

잠시 후 현수는 카이로시아와 함께 로이어 영지를 다스리는 영주성 근방으로 텔레포트했다.

"여기 정말 많이 변했네요."

오랜 동안 외지 생활을 한 카이로시아는 아련한 시선으로 영주성을 바라본다.

고색창연하던 옛 모습은 사라졌다. 예전엔 크기는 했지만 밋밋한 외관이었다. 늘 내부에서 생활하니 외관보다는 내부 인테리어에 더 신경을 쓴 때문이다.

그런데 카이로시아의 눈에 보이는 건 새로 지은 것처럼 산뜻하면서도 웅장하고 화려하다.

로이어 백작은 공작이 된 후 조상으로부터 물려받은 건물 앞에 훨씬 더 큰 새 건물을 지었다.

백작과 공작의 위상 차가 크기 때문이며, 사위가 이 세상 최고의 인물이기에 그에 걸맞은 수준이 되어야 한다는 조언을 받아들인 것이다.

당연히 성문도 앞쪽으로 확장 이전된 상태이다. 그렇기에 카이로시아의 눈에는 완전히 달라진 것으로 보이는 것이다.

"그러게 전과는 다르네. 새로 지었나 봐."

"그렇죠? 전 제 기억에 문제가 있나 했네요."

말을 하며 슬그머니 기대면서 팔짱을 끼려 한다. 현수는 그 손을 떨치고 어깨에 팔을 둘렀다. 자연스레 카이로시아의 팔은 현수의 허리를 휘감는다.

카이로시아는 아늑하면서도 행복함을 느끼며 살짝 미소 지었다.

"자기랑 이렇게 있으니까 좋아요."

"그래? 나도 그런데. 그나저나 우리 장난 좀 쳐볼까?"

"장난이요? 무슨 장난이요?"

"그런 게 있어. 잠깐만."

아공간을 열어 C급 용병 의복을 꺼냈다.

카이로시아에겐 떠돌이 여인들이 걸치는 커다란 숄과 아바야 로브[14]를 꺼내주었다.

음흉한 사내들의 시선을 차단하기 위한 이것은 야간엔 이불 대용으로도 사용되는 것이다.

현수와 카이로시아는 킥킥거리며 의복을 갈아입었다. 사람들의 반응이 재미있을 것이라 생각한 것이다.

---

14) 아바야 로브(Abaya robe): 이슬람식의 긴 여성 의상.

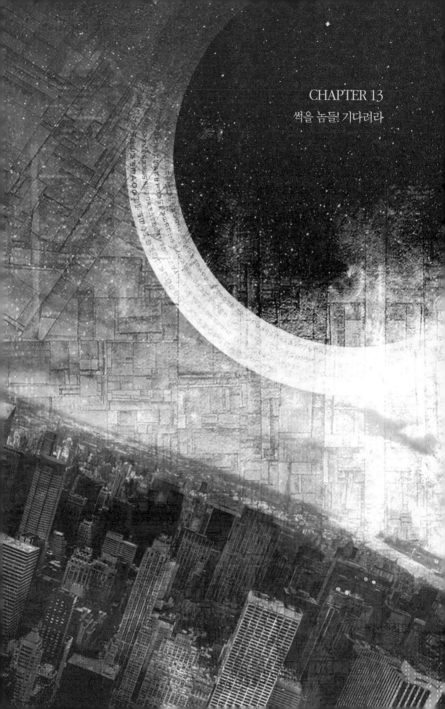

CHAPTER 13
썩을 놈들! 기다려라

"호호! 이런 복장 참 오랜만이에요."

"그래? 로시아가 이런 걸 입어봤어?"

"여기 살 때 바깥이 궁금해서 몇 번이요."

임금이 미복[15] 차림으로 잠행을 나선 것처럼 카이로시아
도 영주성 바깥을 둘러본 모양이다.

"그때 뭘 봤는데?"

"로이어 영지는 농지가 부족하여 늘 먹을 게 부족했어요.
아빠는 영지민들을 먹여 살리기 위해 많은 곡식을 들여왔지

---

15) 미복(微服): 지위가 높은 사람이 민심을 몰래 살피러 다닐 때 입는 남루한 옷.

만 그래도 넉넉하진 않았어요. 어렸을 때……."

로시아는 상단에서 일하기 전에 있던 일들을 이야기했다. 처음으로 아빠 몰래 성 밖으로 나가서 본 풍경은 로시아의 상상을 산산조각 냈다.

책에서 보던 것과는 완전히 달랐다.

얼굴에 버짐 핀 아이들은 하나같이 깡말라 있었다. 한껏 뛰어놀아야 할 나이지만 모두가 고된 일을 하고 있었다.

힘겨워 일하는 속도가 늦어지면 어른들은 게으름 피운다면서 아이들을 닦달하였다.

의복은 남루했고, 생기 없는 얼굴은 무표정했다. 그러다 한 아이와 그 아비가 하는 말을 듣게 되었다.

"근데 아부지, 요즘은 왜 점심나절에 암것두 안 먹어유?"

"배 많이 고프냐?"

"네! 증말 많이 고파유. 뱃가죽이 등가죽하고 달라붙을 정도로유. 우리 뭣 좀 먹고 하면 안 되유?"

"에구, 이 녀석아! 이젠 하루에 한 끼 먹는 것도 다행으로 알아야 혀. 곳간 텅 빈 거 못 봤냐?"

"봤쥬. 근데 그럼 언제까지 굶어야 혀유?"

"봄 되면 먹을 수 있는 풀이 나니 그때까지는 참아야지."

"에에? 이제 막 겨울이 시작되었는디 봄까지 참아야 한다구요? 그때까지 어찌 참는대유? 지금도 배가 고픈디."

"없으니 어쩌냐. 가만있어 보그라. 숲에 올무를 놨는디 거기에 뭔가 걸리면 먹것지. 아! 근데 줄 똑바로 못 잡냐? 이것 봐라. 삐뚤빼뚤해졌잖아. 이렇게 하믄 감독관이 보면 야단친다는 거 몰라?"

"죄송허구만요. 근데 아부지, 올무에 뭐 잡혔을까요?"

둘의 대화는 계속되었다. 그 내용은 다음과 같다.

아이의 아비가 올무를 놓은 것은 보름 전이다. 매일 한 번씩 들여다보지만 한 번도 뭔가가 잡힌 적이 없다.

눈이 많이 내리는 바람에 먹이를 찾을 수 없는 짐승들은 모두 깊은 산속으로 들어갔다. 따라서 겨울 내내 올무에 뭔가가 걸리는 일은 없을 것이다.

외출을 마치고 성 안으로 들어간 카이로시아는 큰오빠인 에머랄에게 자신이 보고 들은 것을 이야기를 했다.

그리곤 배가 고파 죽을 지경이라던 아이의 집에 먹을 걸 좀 보내달라고 했다.

당시 에머랄은 난감했다. 카이로시아의 청을 받아들이면 누군 주고 누군 안 주는 일이 되기 때문이다.

먹을 것에서 인심 난다는 말이 있다.

자칫 사소한 일로 영주에 대한 존경심이 흐려질 수 있음을 잘 알기에 한참을 고심했다.

다음 날 퍼거슨 에델만 드 로이어 백작은 곳간을 열어 창고

대방출을 했다. 칭송이 자자한 것은 당연한 일이다.

대신 백작가의 식솔들은 겨우내 거친 음식으로 식사를 해야 했다.

그러던 어느 날 카이로시아가 음식 투정을 부린 적이 있다. 매일 귀리로 만든 오트밀 같은 것만 주니 기름진 고기가 없다고 투덜거린 것이다.

이에 에델만 백작은 카이로시아를 데리고 성 밖으로 나갔다. 영주의 행차에 모두가 극고의 예를 표하는 것을 볼 수 있었다. 그건 당연한 일이다.

에델만 백작은 굶은 영지민이 있는 것 같으냐고 물었고, 카이로시아는 고개를 저었다.

아이들의 표정이 확연히 밝아져 있음을 본 것이다.

그때 에델만 백작은 영주성 곳간을 연 것과 지금의 식사, 그리고 영지민들의 표정에 대한 이야기를 해주었다.

노블레스 오블리주(Noblesse oblige)가 무엇인지를 가르친 것이다. 그날 이후 카이로시아는 바뀌었다.

지위가 낮은 사람이라도 함부로 대하지 않고, 상대의 처지를 이해하려 애쓰는 현재의 착한 로시아가 된 것이다.

카이로시아의 이야기를 모두 들은 현수는 고개를 끄덕였다. 그러면서 어깨를 잡고 있는 손에 힘을 주었다.

"장인어른과 큰처남이 아주 잘 가르치셨어. 마음에 들어.

로시아는 아주 좋은 왕비가 될 것 같아."

"……!"

"우리 이실리프 왕국의 왕국민도 그렇게 대해줘."

"고마워요, 칭찬. 그리고 그렇게 되도록 노력할게요."

카이로시아는 현수의 품을 파고든다. 현수는 그런 그녀를
마다하지 않고 보듬어 안아주었다.

"흐음! 우리 로시아, 하루라도 빨리 슈퍼포션을 먹어야 하
는데. 그치?"

"네? 슈퍼포션이요?"

로시아의 얼굴이 금방 붉어진다.

슈퍼포션을 복용하면 홀랑 다 벗고 현수가 전신을 떡 주무
르듯이 주무르고, 그 일이 끝나면 곧바로 현수의 여자가 됨을
알기 때문이다. 처녀이니 부끄러운 것이 당연하다.

"오늘이라도 장인어른에게 허락을 받으면 그렇게 할까?"

"저, 저, 저……."

로시아는 부끄러워 어쩔 줄 모르겠다는 표정이다. 그런 그
녀를 바라보는 현수의 입가엔 미소가 매달려 있다.

"하하! 하하하! 일단 가자."

둘이 성문 앞에 당도한 것은 이른 새벽이다. 테세린은 밤이
지만 이곳과는 시차가 있기 때문이다.

"멈춰라! 이곳은 로이어 영주성이다! 용무는?"

수문위병이 고압적으로 수하하자 현수는 대꾸 대신 로시아에게 속삭였다.

"거봐. 저런다니까. 우리가 귀족 복장을 하고 왔으면 아마 달랐을 거야."

"저도 알아요. 근데 저 사람들은 저럴 수밖에 없잖아요. 너무 공손하면 영주이신 아빠의 위상을 깎아먹는다 생각해서 그런 걸 거예요."

"진짜 그럴까? 두고 보면 알지."

자신의 말에 즉각 대꾸하지 않고 속삭이는 모습을 본 수문위병은 쌍심지를 켠다.

"이놈! 지금 성문 앞에서 뭐 하는 것이냐? 무슨 용무로 이곳에 왔는지 묻지 않았느냐!"

"영주님을 뵈러 왔네."

"뭐? 왔네? 어디서 이런……! 니가 지금 감히 영주님의 성을 지키는 본관에게 왔네라고 했나?"

"내 말의 꼬투리를 잡을 게 아니라 왜 만나러 왔는지를 묻는 게 우선 아닌가?"

현수가 짐짓 고개를 갸웃거리자 카이로시아가 옆구리를 슬쩍 꼬집는다. 수문위병 역시 아빠의 수하이기 때문이다.

"쳇! 너무하잖아요. 저 사람은 아무것도 모르는데."

"모른다고 함부로 대하면 안 되는 거잖아."

"그래도요. 자기가 이러다 저 사람 혼나면 어떻게 해요? 보아하니 가정도 있는 것 같은데."

"에구, 알았어. 알았다구."

둘이 또 속삭이자 수문위병이 화를 버럭 낸다.

"지금 뭐 하는 거야? 내 말이 말 같지 않아?"

수문위병은 꼬나들고 있던 할버드로 둘을 위협하려는 몸짓을 한다. 여차하면 공격하겠다는 의도가 확실하다.

"저 봐. 저러니까 안 된다는 거야. 수문위병은 그 성을 처음 대하는 사람에겐 얼굴과 같은 존재야. 따라서 저런 태도는 올바르지 못해. 공손하지는 못하더라도 최소한 정중하기는 해야지. 수문위병이 벼슬인 건 아니잖아?"

현수가 이런 말을 하는 의도는 다분히 한국의 공무원을 의식한 것이다. 행정관서 민원실에 가보면 친절한 공무원도 많지만 틱틱거리는 자들도 있다.

민원인의 편리를 위해 존재함에도 관의 위세가 제 것인 양 고압적인 태도이다. 때론 윽박지르거나 겁박하기도 한다.

민원인이 저학력자이거나 빈한해 보일수록 이럴 확률이 높다. 그런데 전 국민을 상대로 이런 태도를 보이는 대표적인 공무원을 꼽으라면 국회의원이 가장 먼저 생각난다.

국가의 발전과 미래를 걱정하는 국회의원도 있겠지만 일부는 사사건건 나라에 해나 입히는 국회의원들이다.

이들의 공통점은 부패와 연루되어 있고, 패거리 정치를 하며, 늘 권력을 탐한다. 제 배나 불리려는 소인배들이다.

조선시대 후기의 매관매직과 다를 바 없는 방법으로 공천 헌금을 내곤 유권자들 앞에서 굽실거린다.

그렇게 국회에 입성하면 언제 그랬느냐는 듯 고압적이고 권위적인 작태를 보인다. 개만도 못한 새끼들이다.

"알았어요. 아빠에게 말씀드려 저렇게 못하도록 할게요."

카이로시아가 슬며시 팔짱을 끼며 웃음 짓는다. 이런 애교에 어찌 녹아내리지 않겠는가!

"아무튼 들어가자."

"네."

"이놈! 무슨 용무로 왔느냐고 묻지 않았느냐! 어서 대답하지 못할까?"

수문위병의 고압적인 태도에 현수는 이맛살을 좁혔다. 이때 카이로시아가 먼저 나선다.

"이분은 이실리프 마탑의 마탑주세요. 나는 카이로시아 에델만 드 로이어구요."

"이런 미친! 누구라고? 어디서 감히 누굴 사칭하는 거야? 죽고 싶어? 엉?"

수문위병은 떠돌이로 보이는 한 쌍의 남녀가 자신을 놀린다고 생각하였는지 화를 버럭 낸다.

"말로는 안 되겠군. 로시아, 이리 와."

"네."

현수는 카이로시아를 안은 채 플라이 마법으로 성문을 넘어갔다. 이를 본 수문위병은 대경실색한 표정으로 곁에 있는 경종을 마구 두드린다.

적이 공격을 가하거나 수상한 자의 침입이 있을 때만 울리도록 되어 있는 것이다.

땡땡, 땡땡땡땡, 땡땡땡땡, 땡땡땡땡땡땡땡땡—!

요란한 타종 음이 새벽의 고요를 깨고 있을 때 현수는 내성 입구에 당도했다. 이곳에도 수문위병이 있기에 아예 내성의 문도 넘어 저택 현관 앞에 내렸다.

이때 마침 문이 열리면서 나이 든 사내가 나선다.

"뭐야? 무슨 일이지? 새벽부터 웬 종이야?"

로이어 영지가 공작령이 된 이후 사실상 경비 병력을 갖출 필요가 없는 상황이 되었다. 하긴 누가 감히 이실리프 마탑주의 장인이 다스리는 영지를 넘보겠는가!

그렇기에 경비 병력의 숫자를 5분의 1로 줄였다.

예전엔 5인 1조가 되어 성문 경비를 맡았다. 1일 3교대 근무였다. 현재는 혼자서 경비를 서며 1일 4교대이다.

그럼에도 아무런 이상도 발생하지 않았다. 따라서 경종이 울릴 일은 없다고 해도 과언이 아니다.

그렇기에 고개를 갸웃거리며 나서려는데 누군가 앞을 막아서자 흠칫하며 물러선다. 이때 카이로시아가 나섰다.

"로렌스 할아범."

"누구? 헉! 아, 아가씨! 카이로시아 아가씨가 맞습니까?"

"그래요. 정말 오랜만이에요. 그간 잘 있었죠?"

"그, 그럼요! 근데 어떻게 이런 새벽에……. 헉! 마, 마탑주님! 어, 어서 오십시오!"

이전에 면식이 있어 그런지 단번에 알아본다.

"아버지 일어나셨어요?"

"아마도 그러실 겁니다. 종소리가 요란하니까요. 영주님은 잠귀가 밝으신 분이잖아요."

"오빠는요?"

"두 분 도련님도 모두 깨셨을 겁니다. 이렇게 시끄러운데 어떻게 자겠습니까?"

경종 소리는 끊길 듯 끊길 듯하면서도 계속 이어지고 있다. 놀라서 깨어난 기사와 병사들이 병장기를 챙겨 들고 허겁지겁 달려가는 모습도 보인다.

"그렇긴 하네요. 아빠에게 갈게요."

"제가 모시겠습니다, 아가씨."

로렌스 할아범의 안내를 받아 안으로 들어간 현수는 에델만 공작을 만나 정식으로 청혼을 했고, 흔쾌히 허락을 받았다. 큰처남 에머랄과 작은처남 일루신은 기꺼운 미소로 둘의 결합을 찬성했다.

현수 덕에 이레나 상단은 대륙에서 가장 유명한 상단이 되었다. 현수가 준 찻잔 등이 큰 역할을 했지만 그보다는 이실리프 마탑주의 처가가 된다는 사실이 더 큰 이유이다.

카이로시아는 결혼식 준비를 하는 동안 로이어 영지에 머물기로 했다. 이실리프 왕국으로의 이동은 포털마법진을 이용하면 될 일이다.

로이어 영지와 이실리프 왕국 사이의 물리적인 거리가 완전히 사라진 것이나 다름없다.

현수는 에델만 공작가의 식솔들을 위한 아침 식사를 만들어줬다. 치즈가 듬뿍 들어간 달달하면서도 짭조름하고 고소한 샌드위치이다. 다들 엄지손가락을 추켜올릴 정도로 맛있어 해서 현수는 흐뭇해했다.

* * *

"아아! 아아아!"

성녀의 처소에 있던 스테이시 아르웬은 머리가 허연 페룸 신관의 안내를 받아 온 현수를 본 순간 읽고 있던 책을 내던졌다. 그리곤 맨발로 달려와 와락 품속을 파고들었다.

3년이 넘는 세월 동안 만나고 싶어도 볼 수 없던 사랑하는 임이 왔으니 어찌 반갑지 않겠는가!

스테이시는 흘러넘치는 눈물을 닦으며 현수의 몸 여기저기를 더듬는다. 대지의 여신 가이아로부터 현수가 위급 지경에 처해 있었다는 것을 들었기에 혹시라도 신상에 이상이 있나 싶은 것이다.

"미안! 내가 조금 늦었지?"

"아, 아니에요. 이렇게 오셨으니… 흐흑! 고마워요. 이렇게 멀쩡하게 다시 와주셔서요. 흐흐흑!"

무슨 말이 더 필요하겠는가!

스테이시는 다시 현수의 품을 파고들었다. 약간의 시간이 흐른 후 둘은 뜨겁고 정열적인 첫 키스를 했다.

온몸이 녹아내리는 것 같은 아득한 느낌에 스테이시는 축 늘어졌다. 단 한 번도 경험해 보지 못한 황홀경의 바다에 빠져 버린 것이다.

한국 속담에 '늦게 배운 도둑질, 날 새는 줄 모른다'는 말이 있다. 어떤 일에 남보다 늦게 재미를 붙인 사람이 그 일에 더 열중하게 됨을 비유적으로 이르는 말이다.

스테이시 아르웬은 올해 29세이다. 아르센 대륙 기준으로 보면 노처녀 중에서도 상노처녀다.

16세만 되면 결혼하여 17세에 출산하는 것이 보통이다. 따라서 29세는 12살짜리 아이가 있을 나이이다.

그런 나이에 처음으로 키스라는 걸 했다. 정신은 아득해지고 온몸은 녹아내리는 것 같다. 한순간이라도 놓치고 싶지 않은 느낌이다. 순도 높은 마약보다도 끊기 어려울 듯하다.

그래서 그런지 현수의 품에서 떨어지려 하지 않았다. 하여 훗날의 현수는 오늘의 스테이시를 놀린다.

명색이 성녀(聖女)인데 이때만큼은 사내에게 환장한 성녀(性女) 같았다며 놀린 것이다. 그럴 때면 스테이시는 낯을 붉히면서도 다시 한 번 그래 보자고 달려들었다.

스테이시는 현수와 결혼함과 동시에 이실리프 왕국의 제3왕비가 된다. 그래도 가이아 여신의 성녀 신분은 유지된다.

낮에는 엄숙한 성녀로 생활하지만 침실에선 다른 왕비들 못지않은 정열을 보이는 것이다.

현수로서는 마다할 일이 아니다. 그렇기에 일부러 스테이시를 도발하여 더 정열적인 밤을 보내곤 한다.

어쨌거나 스테이시에게도 반지를 주며 청혼한다. 그리고 교황을 만나 정식으로 청혼했다.

교황은 이미 여신의 점지가 있었기에 반대라는 건 생각해 보지도 않은 듯 고개를 끄덕이며 축하의 말을 건넨다.

라이서 제국의 신전과 이실리프 왕국에 세워질 가이아 신전엔 포털마법진이 새겨진다.

언제든 오갈 수 있게 배려한 것이다.

*　　　*　　　*

"케이트, 나와 결혼해 주겠어?"

"네에, 그럼요!"

기다렸다는 듯 힘차게 고개를 끄덕인 케이트는 현수가 끼워주는 반지에서 시선을 떼지 못한다.

스승인 제니스케리안은 여성체이기에 상당히 많은 보석을 보유하고 있다. 산더미는 아니지만 적어도 1톤 트럭 적재함을 가득 채울 정도는 된다.

그렇기에 상당히 많은 보석을 견식한 바 있다. 그중엔 10캐럿짜리 사파이어보다 더 큰 것도 많다.

하지만 현수가 끼워주는 것보다는 못하다는 생각이다. 의미가 남다르기 때문이다.

"이제 케이트는 내 여자야. 이리 와."

"네에."

현수는 케이트를 안고 진하게 키스했다.

스테이시처럼 정신을 못 차린다. 3년이 넘도록 아무런 소식도 없어서 결혼도 하기 전에 과부가 되었거나 소박을 맞은 것일지도 모른다는 생각에 가끔 우울해했다.

그런데 이제 그 모든 우려가 말끔히 씻겨 내려가는 후련함까지 더해져졌기에 정신없이 현수의 품을 파고든다.

한참 후, 현수는 제니스케리안에게 정식으로 청혼의 말을 건넸다. 장모가 아니기에 마땅한 칭호가 없어 애를 먹었다.

본인의 스승이 아니니 스승님이나 사부님이라 부를 수 없고, 결혼을 하지 않았으므로 사모님이라는 호칭도 마땅하지 않은 때문이다.

"케이트를 잘 보살펴 주서서 감사합니다."

"우리 케이트를 많이 아껴줄 것으로 믿네."

"당연히 그래야지요."

이처럼 서로 간에 호칭 없는 대화를 마쳤다. 잠시 후, 셋은 포인테스 영지로 텔레포트했다.

아르가니 에이런 판 포인테스 공작성 역시 로이어 영지의 그것처럼 바뀌어 있다.

포인테스 영지는 미판테 동단에 있는 유서 깊은 영지이지만 먹을 것이 부족한데다 영주의 적극적인 치세가 없어 나날이 피폐해 갔다.

현수가 처음 이곳을 방문했을 때는 모든 가축이 전염병으로 죽어 오크 고기를 먹었다.

그런데 지금 에이런 공작성은 로이어 공작성과 버금갈 정도로 멋있게 지어져 있다. 미판테 국왕이 공작위를 제수하면서 상당히 많은 하사금을 준 결과이다. 물론 사위가 될 하인스 마탑주를 염두에 둔 호의이다.

어쨌거나 많은 것이 달라져 있다.

"먹고살 만해진 것 같지?"

"네, 정말 멋있어요."

케이트는 새로 지어진 성을 보며 감탄사를 연발했다.

잠시 후, 현수와 케이트, 그리고 제니스케리안은 공작 일가와 마주했다.

아르가니 에이런 판 포인테스 공작의 가족 입장에선 둘 다 몹시 어려운 존재이다.

현수는 하늘같은 위저드 로드이고, 제니스케리안은 말이 필요 없는 위대한 존재이다. 하여 절절매는 가운데 정식 청혼을 했다. 당연히 OK이다. 오히려 케이트를 받아들여 줘서 고맙다고 깊숙이 허리를 숙였다.

다음은 포털마법진 설치이다. 하여 이실리프 왕국과 언제라도 오갈 수 있게 되었다.

많은 세월이 흐른 먼 미래에도 포인테스 공작성을 넘보는 자는 없을 것이다. 그 순간부터 이실리프 마탑과 적이 됨을 의미하기 때문이다.

현수가 살아 있는 동안이라면 세상 모든 마법사와 기사들의 적이 되는 것이다.

케이트 역시 공작성에 남기로 했다. 짧은 기간이지만 본격적으로 신부 수업을 받기로 한 때문이다.

제니스케리안도 남았다. 포인테스 영지에 수시로 출몰하는 몬스터들을 정리해 주기 위함이다.

잡아봤자 아무런 쓸모도 없는 몬스터들만 우글거리니 아예 깊고 깊은 산중으로 몰아넣으려는 것이다.

*　　*　　*

"어서 오십시오, 마탑주님!"

"이렇게 환대해 주셔서 감사합니다."

궁전 현관까지 나와서 기다리던 홀랜드 커드버리 폰 미판테는 아주 정중히 허리 숙여 예를 갖춘다. 이실리프 마탑주는 국왕이나 황제와 동격인 존재이기 때문이다.

"당연한 일이지요. 마탑주님이시니까요."

"제 아내 될 다프네가 이곳에 있다기에 찾아왔습니다."

"아! 잠시만 기다려 주십시오. 기별하겠습니다."

"그전에 그간 다프네를 보살펴 주신 점에 대해 감사의 뜻을 표합니다."

"무슨 말씀을……. 다프네 님의 신부 수업은 라수스 협곡의 지배자이신 라이세뮤리안 님의 뜻이었습니다."

미판테 국왕은 어쩔 줄 모르겠다는 표정이다.

라이세뮤리안만큼 대하기 어려운 이실리프 마탑주로부터 감당하기 힘든 감사의 말을 들은 때문이다.

"라수스 협곡을 드나들 수 있게 된 것은 아시지요?"

로니안 공작으로부터 이미 전갈받은 게 있는지라 얼른 고개를 끄덕인다.

"그럼요. 모든 게 마탑주님 덕분입니다. 왕국의 물류가 한결 가뿐해졌습니다. 감사합니다."

"에구! 감사 받자는 의도는 아니었습니다. 아실지 모르겠습니다만 라수스 협곡엔 라세안, 아니, 라이세뮤리안의 자식들이 사는 마을이 있습니다."

"네, 들었습니다. 소드 마스터도 여러 분 계시고 8서클에 오르신 분도 여럿 있다 하더군요."

드래고니안은 하프 드래곤이긴 하지만 인간보다 우위에 있는 존재로 여긴다. 그렇기에 국왕이면서도 낮추지 않는다.

"그 친구들이 미판테 왕국의 홍복이 되길 바랍니다."

"네, 저희가 성심으로 대하면 그분들 또한 협조적일 것이라 믿고 있습니다."

현수와 국왕이 이런저런 이야기를 나눌 때 다프네는 치장을 마치고 나왔다.

쿵, 쿵, 쿵―!

국빈 접견실 의전을 맡은 시종장이 의전용 스태프로 바닥을 두드리곤 큰 소리로 외친다.

"라수스 협곡의 지배자이신 라이세뮤리안 님의 영애 다프네 옥타누스 폰 라수스 님께서 입장하십니다!"

"……!"

현수와 미판테 국왕의 시선이 문으로 쏠린다.

이 순간 문이 열렸고, 우아하면서도 도발적인 미모를 갖춘 다프네가 한껏 치장한 모습으로 들어선다.

"…오랜만에 보셨을 터이니 저는 이만 빠지겠습니다."

국왕이 손짓하자 수신호위들이 일제히 물러난다. 이제 이곳엔 다프네와 현수 둘만 남았다.

"국왕전하의 배려에 감사드립니다."

"무슨 말씀을……. 당연한 일입니다."

국왕 또한 정중히 예를 갖추고 돌아선다.

모두가 물러갔을 때 사뿐거리는 걸음으로 다가온 다프네는 말없이 현수의 얼굴에 시선을 고정시키고 있다.

"잘 있었지?"

"네, 괜찮으신 거죠?"

"그럼. 할 말이 있어서 왔어."

현수는 아공간에서 반지 함을 꺼냈다.

"나하고 결혼해 줄래?"

진한 보랏빛 반지에 잠시 시선을 주던 다프네는 고개를 끄덕인다.

"평생 현숙한 아내가 되도록 노력할게요. 고마워요."

미판테 왕궁에서도 길고 긴 키스가 이어졌다. 잠시 후 둘은 라수스 협곡으로 텔레포트했다.

라세안은 둘의 결혼을 당연히 허락했다.

이렇게 다섯 신부를 모두 챙긴 현수는 이실리프 왕국으로 텔레포트했다.

하리면 등이 알현을 청했으나 모두 거절하고 집무실에 칩거하던 현수가 자리를 턴 것은 이틀이 지나서이다.

"이제 슬슬 가볼까? 텔레포트!"

샤르르르르릉—!

현수의 신형이 스르르 사라진다. 다음 순간 블랙일 아일랜드에서 돌아났다.

확인해 보니 기존의 마법진은 파괴된 상태이다.

현수는 섬 전체에서 마법이 구현되지 않을 안티 매직필드 마법진을 그려놓고 눈에 보이지 않도록 감췄다.

마인트 대륙의 흑마법사들이 아르센 대륙으로 넘어가는 것을 막기 위함이다.

"흐음! 이 정도면 되겠군. 텔레포트!"

샤르르르르릉—!

또 한 번 현수의 신형이 흩어진다. 다음 순간 마인트 대륙 북단에 위치한 자유영지 헤르마에 도착한다.

"흐음! 아주 제대로 말살시켜 주지."

나직이 중얼거린 현수는 컴퓨징 마법으로 평범한 얼굴로 외모를 바꿨다. 아직 단 하나의 10서클 마법도 창안해 내지 못했지만 복수의 시간을 늦출 수 없어서이다.

"너희만 꼼수를 쓰는 게 아냐. 어디 한번 해보자고."

으드드득─!

10서클 마스터이자 그랜드 마스터이며 보우 마스터이기도 한 현수는 나직이 이를 갈았다. 복수가 시작되었다.

『전능의 팔찌』 51권에 계속…

ODD LAWYER

FUSION FANTASTIC STORY

미더라 장편 소설

Devil's Balance

괴짜 변호사
악마의 저울

『즐거운 인생』 미더라 작가의
2015년 대작!

현직 변호사, 형사, 프로파일러, 범죄심리학 전문가 자문으로
현장의 생생함을 그대로 담아낸 현대 판타지!

『괴짜 변호사 : 악마의 저울』

"제가 왜 한 번도 패소한 적이 없는 줄 아십니까?"

"……"

"저는 법으로만 싸우지 않거든요"

법의 칼날 위에서 춤추는 자들과의
치열한 공방이 펼쳐진다!

Book Publishing CHUNGEORAM

유행이 아닌 자유추구 -
WWW. chungeoram.com

독고진 장편 소설

FUSION FANTASTIC STORY

100마일
100MILE

160.9344km.
투수라면 누구나 던지고 싶은 공.

『100마일』

"넌 야구가 왜 좋아?"

야구가 왜 좋냐고?
나에게 있어 야구는 그냥 나 자신이었다.

가혹할 정도의 연습도,
빛나는 청춘도 바쳤다.
그리고 소년은 마운드에 섰다.

이건 역사상 최고의 투수를 꿈꾸는
어떤 남자의 이야기이다.